박물관 소풍

아무 때나 가볍게

김서울

들어가며

    박물관을 언제, 왜 가야 하는지 원칙 같은 것은
없다. 다만, 지금과 비슷한 형태의 박물관이 설립된
초기에는 '관람객'이라는 범위에 보이지 않는 틀이
있었다. 만인에게 공개되어 있었으나 아무나 가던 곳이
아니었고, 전시 및 관람 목적의 방점이 '교육'에 찍혀
있었다. 지금도 현장 '학습'의 주된 장소로 박물관이
선택되는 데에는 나름 유구한 역사가 있는 것이다.
그 그림자가 은은하게 남아 박물관에 그냥 놀러가서는
안 된다는 약간의 비장함이 생기게 된 것 같다.
    요즘 박물관은 많이 변했다. 동네 언저리에
들어서기도 하고, 유물 안내문의 어조가 좀 더
편안하게 바뀌기도 했다. 관람객이 박물관을 즐기는
방법은 훨씬 극적으로 바뀌었다. 굿즈를 구매하기
위해, 좋아하는 사람이 멋지다고 인증한 유물을 직접

보기 위해 박물관에 간다. 유물과 박물관 애호가로
활동하는 사람들도 SNS에서 간혹 발견할 수 있다.
셈할 수 없이 까마득한 과거의 것이자 국보나 유물처럼
예술적·역사적 가치가 있는 유물들에는 알 수 없는
숭고함이 깃들어 있지만, 그 기운을 가볍고 청량하게
즐기는 사람이 늘고 있다.

딱 이런 마음으로 책을 썼다. 아마 나의
첫 박물관 경험이 탐험이었기 때문에 가능했던 것
같다. 내 인생의 첫 박물관은 국립중앙박물관이었다.
다섯 살쯤 됐을까, 모든 사물과 내 또래를 제외한
인간이 거대해 보였던 꼬마 시절에 경복궁역에 있던
중앙박물관으로 가족 나들이를 갔다. 부모님도
특별히 한국의 역사를 가르쳐야겠다는 거창한 생각은
아니었던 듯하고, 그저 박물관이라는 공간이 있다고
알려주려던 마음이었을 것이다. 그날 나는 박물관
안에서 길을 잃고 혼자 한참을 헤맸다. 이후로 오랫동안
어두운 박물관 복도와 두꺼운 커튼을 들추며 길을 찾던
탐험의 장면이 내 꿈과 기억에 남았다. 조금 무서웠지만,
적어도 지루하지는 않았다.

박물관에 발을 들이는 데에 부담이 없는 상태를
지나 박물관을 소풍의 행선지로 삼곤 했던 것은 상당
부분 박물관의 쾌적함 덕분이다. 박물관은 사계절 내내
일정한 온도에 습도에 조도를 유지한다. 먼지도 없고
혈관까지 바짝 말리는 햇볕도 없다. 그리고 무엇보다

음악이 없다. 식당에서도, 길거리에서도, 심지어 공원에서도 음악이 나오는 한국에서 말이다. 박물관이 잘 정제된 공간이라는 것을 인식했을 때 느꼈던 쾌감은 이루 말할 수 없었다.

집에서 먼 박물관으로 소풍을 떠나는 일은 즐겁기 그지없다. 차나 버스, 기차에 몸을 싣고 내다본 창밖의 풍경은 그야말로 다채롭다. 흙의 색이 바뀌고, 멀리 보이는 바위 모양도 바뀌고, 건물의 높낮이가 달라지고, 갓길이나 역에서 마주치는 다양한 특산품들도 재미있다. 같은 국립박물관이어도, 유물의 시대나 양식이 같아도, 지역마다 유물의 낯빛이 달라진다.

이 책에서는 전국 곳곳으로 떠나는 맛을 전하고 싶어 각 도에 있는 국립박물관 아홉 곳과 시립이자 도시박물관인 서울역사박물관을 소개했다. 박물관학의 기준으로 보자면 인문·역사박물관에 속하는데, 내게는 그저 언제 가도 흥미로운 소풍 행선지들이다.

내가 박물관을 즐기는 방식은 조금 느슨하다. 한 번에 모든 전시관을 보려고 하지도 않고, 멀뚱히 앉아 쉬려고 가기도 한다. 역사적 사실에 대한 정보는 박물관에서 제공해주니 굳이 예습하지도 않고, 국보나 보물이 무엇인지 굳이 머릿속에 저장해두려고 하지 않는다. 이런 엉성한 마음을 가지고 박물관을 가볍게 둘러보면 좋겠다. 각자 어떤 길을 달려 박물관으로

갔는지, 박물관의 어느 자리가 특히 마음에 들었는지,
누구와 얼마나 머물렀는지 주위 사람들에게 이야기하며
박물관 소풍을 추천하는 사람들이 많아지면 좋겠다.
언젠가 누군가의 다른 박물관 소풍 이야기가 내게도
닿길 바란다.

2023년 6월
김서울

다도해를 유람하는 기분으로 **국립경주박물관**
청자의 속삭임이 들린다 **국립광주박물관**
산책과 소풍의 성지 **국립대구박물관**
사람의 손길에 윤이 난 물건을 모으다 **국립민속박물관**

석탑에서 태어난 막내 **국립익산박물관**
제주다운 서사로 가득한 **국립제주박물관**
나만의 쉴 자리가 있는 곳 **국립중앙박물관**

화력 조선의 스펙터클 **국립진주박물관**
언제나 웃는 나한의 집 **국립춘천박물관**
도시를 닮다, 도시를 담다 **서울역사박물관**

다도해를 유람하는 기분으로 | 국립경주박물관

1945 —— 조선총독부박물관 경주분관을 인수해 국립박물관 경주분관 개관
1946
1947
1948
1949
1950
1951
1952
1953
1954
1955
1956
1957
1958
1959
1960
1961 —— 신관 개관
1962
1963
1964

1965
1966
1967
1968
1969
1970
1971
1972
1973
1974
1975 ——— 지금의 인왕동으로 신축 이전, 국립경주박물관 개관
1976
1977
1978
1979
1980
1981
1982 ——— 제2별관(현 월지관) 개관
1983
1984
1985
1986
1987
1988
1989
1990
1991
1992
1993
1994
1995
1996
1997
1998
1999
2000
2001
2002 ——— 미술관(현 신라미술관) 개관
2003
2004
2005
2006
2007
2008
2009
2010
2011
2012
2013
2014
2015
2016
2017
2018
2019 ——— 신라천년보고 개관
2020
2021
2022 ——— 신라천년서고 개관
2023
2024
2025
2026
2027
2028
2029
2030
.
.
.

국립경주박물관은 수학여행의 메카였다. 요즘은 과거의 명성을 조금 잃었지만, 적어도 1980년대 생에게 경주박물관은 살면서 어떻게든 한 번은 가게 되는, 자기 의지가 아니어도 한 바퀴 휘 둘러보게 되는 곳이었다. 불국사, 석굴암, 첨성대 등 숱한 풍파를 견디고 있는 유적과 유물이 가득한 경주는 그 자체로 박물관이기도 하다.

경주박물관은 경상도 일대의 유물과 더불어 신라의 천년 역사, 즉 삼국시대의 '신라'와 '통일신라'를 망라한다. 경주에 몰린 신라시대 유물과 유적은 상당히 유명하다. '경주에서는 땅만 파면 유물이 나오기 때문에 지하층이 있는 건물이 거의 없다'라는 소문이 나돌 정도다. 백제의 수도로 알려진 부여에서 오래 지낸 경험을 돌이켜보건대, 지하층을 갖춘 건물이 정말로 적은지는 모르겠지만 땅만 파면 유물과 유적이 나온다는 이야기는 어느 정도 신빙성이

국립경주박물관

있다. 부여만 하더라도 땅을 깊게 파지 않는 주차장 공사 현장이라 하더라도 착공과 함께 문화재 발굴·조사 플랜카드가 걸리고 시공이 늦어지는 일이 부지기수로 벌어지니 천년 수도 경주는 오죽할까 싶다.

경주박물관이 소장한 유물의 수는 약 17만 점에 달한다. 41만 점을 소장한 국립중앙박물관에 이어 전국에서 두 번째로 많은 수다. 흘러넘치는 유물을 붙들고 있는 다섯 개 전시관은 시차를 두고 지어져 따로 떨어져 있는데 그 모습이 꼭 통일신라시대 사람들이 무역을 위해 나섰던 푸른 바다 위의 섬들 같다.

정문에 들어서서 살짝 꺾으면 정방형의 신라역사관이 나타나고, 그 오른쪽으로 성덕대왕신종이 있는 종각, 종각에서 안쪽으로 더 들어가면 월지관이 보인다. 월지라는 이름보다 안압지가 더 익숙한 사람도 있을 텐데, 사실 안압지는 조선시대 때 불리던 이름이다. 신라 궁궐 내부에 있던 이 연못에서 사람의 냄새가 사라질 만큼 시간이 흐르자, 기러기(雁)와 오리(鴨)가 노는 연못이 되었고 이름도 새들에게 넘어가 버렸다. 2011년 긴 연구 끝에야 신라시대의 이름 '월지'를 되찾을 수 있었다.

월지관에 들어서면 거대한 배 안에 탑승한 기분이 든다. 실제로 월지에서 발견된 나무배가 전시 중이다. 현재까지 출토된 선박 유물 가운데 가장 오래된 것으로 추정된다. 이 나무배와 같은 수침목재 유물은 건조가 보존의 필수 단계인데, 이는 무척 까다로운 작업이다. 물속에 오래 잠겨 있던 목재는 세포 성분 일부가 분해되고 그 빈 공간을 수분이 메운다. 세월이 흐르면 세균의 공격으로 세포벽이 뚫리는데, 물속에 있을 때는 세포 안팎의 물 덕분에 목재가 얼마간 형태를 유지하지만 물 밖에서는 세포 속 수분이 빠져나가면서 쪼그라들기 십상이다. 그래서 수침목재를 보존 처리할 때는 수분을 제거함과 동시에 수분이 있던 자리에 보존 용액을 주입해 뒤틀림을 방지한다. 보편적으로 쓰이는 재료는 폴리에틸렌글리콜(PEG)인데, 목재에 잘 흡수되는 편이라 나무 색이 어둡게 변하고 반짝임이 생긴다. 목재 유물에 유난히 광택이 돈다면 PEG로 처리했을 가능성이 크다. 보존과학의 목표 중 하나가 원재료의 특성을 해치지 않는 것이지만, 이를 완벽하게 달성하기란 사실상 불가능하다. 그래도 '유물의 수명을 늘려 미래에 보낸다'라는 가장 중요한 목표는 충분히 달성하고 있다.

　　　　　월지관과 신라의 역사를 총망라해 전시하는 신라역사관 사이에 펼쳐진 야외전시장에는 경주 지역에 있던 옛 절터에서 수습한, 일부가 결손됐거나 복원된 불상과 탑이 있다. 탑돌이를 하듯 한 바퀴를 빙 돌고 월지관 맞은편으로 가면 신라미술관이 나온다. 신라의 수려하고 화려한 미술, 공예 작품을 전시하는 곳이다. 장인도 다루기 어려운 화강암으로 말랑한 인체의 살결을 재현한 조각들, 둥근 얼굴에 친근한 미소를 짓고 있는 불상들, 무거운

금속으로 빚었음에도 바람에 나부낄 듯한 옷을 걸친
섬세한 금동불상들이 여기에 있다.

섬과 섬을 연결하는 연육교에 그늘이 없듯
국립경주박물관 건물들 사이에도 가로수며 지붕이
없어 여름에는 남쪽의 내리쬐는 햇빛과 뜨거운 열기를
잠깐이지만 온통 뒤집어써야 한다. 여름은 정말 싫다.
두뇌의 총기를 앗아갈 정도로 푹푹 찌는 한국의 여름은
누구에게나 혹독한 기후가 분명하다. 그런데도 이상하게
국립경주박물관은 굳이 한여름에 찾아오게 된다. 요상한
낭만이다. 시원하고 뽀송한 박물관 실내에서 박물관
입구의 좁은 그늘로 옮겨 가고, 거기에서 쏟아지는
햇빛 아래로 나가 몇 세기 동안 흐트러짐 없이 가부좌를
틀고 앉아 있는 불상과 꼿꼿한 탑 사이를 걸으며 혼을
쏙 뺐다가 다시 시원한 박물관에 들어가는 경험은 분명
해볼 만한 재미가 있다.

더위에 멍해진 채 정처 없이 박물관 안을
떠돌다가 화려한 빛깔의 유리 보석들, 어린아이가 그린 듯
꼬물거리는 생명력을 뽐내는 토우 같은 통일신라의
유물이 눈에 들어오면 어느 때보다 그것들이 뇌리에
선명하게 남는다. 바닷가에서 빛나는 패각 안쪽의 자개가
더 눈에 들어오듯, 해변가에서 오래 굴러 동글동글해진
유리 조각이 더 눈길을 사로잡듯, 다도해 같은
국립경주박물관 안에서 신라시대의 유물은 더 반짝인다.

경주 그리고 신라시대 하면 빠지지 않고 등장하는
것이 석굴암 본존불, 불국사의 탑과 난간, 다리 같은 석조
유물이다. 신라시대 사람들은 밀도가 높고 잘못 쪼개면 결을
따라 쩍 하고 갈라지는 특성 탓에 다루기 어려운 화강암을
어느 시대 누구보다도 잘 이해하고 다루었다. 박물관을
벗어나 경주의 산과 들을 돌아다니면 멋진 석조 유물을 잔뜩
만날 수 있다. 하루 안에 경주 곳곳의 유물을 다 돌아볼 수는
없다. 석조 유물만 보겠다고 마음먹고 돌아다녀도 꼬박
사흘이 필요하다. 이것도 자차로 움직이는 경우에나 그렇고
뚜벅이로 돌아다닐 경우(택시를 타지 않고 이동한다면)엔
일주일 이상이 걸릴 수도 있다.

서둘러 여행을 떠나 오전에 경주에 도착해서
박물관을 돌고 나면 금방 점심이 지나고 오후가 된다.
석굴암, 불국사가 있는 토함산으로 발길을 돌리기 딱 좋은
시간대다. 석굴암과 불국사가 있는 토함산에는 오전 이른
시간부터 사람들의 물결이 흐른다. 내려갈 사람들은 내려간
오후는 한적하고, 저물어가는 해의 팔짱을 끼고 산에서
내려오는 기분도 꽤나 상쾌하다.

경주에 와서 분황사의 모전석탑을 안 보고 갈 수는
없다. 624년에 만들어진 분황사 모전석탑은 벽돌로 쌓은 것
같은 시루떡 모양의 탑이다. 본뜰 모(模)에 벽돌 전(塼), 즉
구워서 만든 벽돌이 아니라 돌을 벽돌 모양으로 잘라 쌓은
것이다. 현재는 3층이나 원래는 더 높았을 것으로 추정한다.
분황사 모전석탑은 신라 모전석탑계의 제일 선배님으로

국립경주박물관

경북 일대에 널린 모전탑들의 원조다. 넉넉한 체적이 주는 튼실함에 매료됐다면, 나중에 칠곡에 있는 송림사 전탑, 영양 산해리 모전석탑, 제천 장락동 모전석탑도 찾아가 보길 권한다.

관광객의 발길이 뜸한 경주 동쪽에도 재미있는 석조 유물이 있다. 시내에서 차로 40여 분, 대중교통으로 1시간 40여 분 거리에 있는 골굴사에는 통일신라시대에 조성된 석굴형 마애불이 있다. 비좁은 돌길과 미끄럽고 가파른 바위를 기어 올라가야 하므로 편한 옷과 안전한 신발 착용이 필수. 둥근 얼굴에 은은한 미소를 짓고 높은 자리에 앉아 있는 부처는 먼 동쪽, 문무대왕릉 방향을 바라보고 있다. 육안으로 확인하기는 어렵지만 부처의 시선이 끝나는 저 멀리에 바다를 그리면 솟아오른 바위 무덤인 문무대왕릉을 바라보는 셈이다.

골굴사에서 멀지 않은 장항리 사지에는 키 차이가 상당한 오층석탑들이 있다. 비교적 잘 보존되어 꼿꼿하고 키가 큰 서탑은 날렵하고 경쾌하게 빠진 지붕돌 모양이 매력적이다. 1층 몸돌에 탑을 지키는 인왕상 한 쌍과 도깨비 얼굴 고리 장식이 새겨져 있는데, 고리를 잡는 순간 손을 잡아챌 듯 인왕상의 몸짓과 표정이 또렷하게 남아 있다. 기단부와 탑신 일부가 사라져 지붕돌만 남은 동탑은 키가 작다. 모가 닳은 지붕돌을 턱턱 올려 놓은 모양새가 두툼한 방석을 포갠 듯 몽글몽글 귀엽다.

2017년 방문했을 때 찍은 장항리 사지 석탑.

내비게이션의 안내를 받아 장항리 사지 앞에
도착하면 '여기가 도대체 뭘 하는 곳인가' 싶은 의문이 분명
들 것이다. 걱정일랑 접어두고 적당히 구색을 맞춰 만든
계단을 따라 언덕 위로 올라가면 햇살이 고르게 퍼지는 너른
사지가 나타난다. 신라시대 사람들이 고심해서 택한 양지
바른 땅의 기운이 온전히 느껴진다. 현대인과 다른 입지
선택 기준, 한반도에 살던 옛 사람들의 풍수지리 감각을
짐작해보는 것도 문화유산 답사의 작은 재밋거리다.

국립경주박물관

다시 서쪽으로 길을 달려 잠시 소홀했던 경주 시내의 문화재를 둘러본다. 밤에 환하게 LED조명이 들어와 색색으로 빛나는 첨성대가 사람들을 홀린다. 내 취향은 아니지만, 한편으로 청계천 빛초롱축제, 전주성 유등축제, 불꽃놀이처럼 반짝이는 것을 좋아라 하는 한국인의 시선을 끄는 방편이구나 싶고, 다른 한편으로 미래에는 조명 설치의 흔적도 첨성대의 한 부분이 될 거라 생각하면 웃음이 난다.

첨성대 맞은편에 있는 대릉원으로 들어서면 낮이고 저녁이고 삼삼오오 모여 인생샷을 찍고 있는 젊은이들을 볼 수 있다. 바람이 부드러운 계절의 저녁 시간에는 고분 바로 옆에 돗자리를 펴고 앉아 음료를 마시며 음악을 듣는 이들을 쉽게 볼 수 있다. 까마득한 과거 왕들의 공동묘지나 다름없는 곳에서 사람들이 모여 소풍을 즐기는 풍경이 이질적이기도 하고 역설적으로 더 생기 있어 보이기도 한다. 대릉원에서 나와 또 길 하나를 건너면 금관총, 호우총과 함께 볼록 솟은 봉분 없이 판판하게 흙만 돋워진 서봉총이 있다. 아무래도 인생샷을 건지기엔 고분이 밋밋해서 보잘것없는 취급을 당하곤 하지만 스웨덴 국왕이나 외교 사절단이 한국에 방문하면 반드시 들르는 곳이다.

대릉원의 다른 고분들에는 발굴 당시 출토된 문화재에 따라 이름이 붙었다. 금관(국보 제87호)이 발견된 금관총, 장니 천마도(국보 207호, 장니는 말의

양 옆구리에 늘어뜨리는 안장의 부속품을 말한다)가 나온 천마총 등이 그렇다. 매장된 이가 누구인지 추측할 수 있는 경우엔 미추왕릉같이 인명이 붙기도 하는데, 서봉총은 이름만으로는 파악할 수 있는 것이 전혀 없다.

서봉총은 스웨덴 국명의 한자 음역 '서전'(瑞典)의 '서'와 무덤에서 발견된 금관의 봉황 모양 장식을 기념하는 '봉'(鳳)이 합쳐진 이름인데, 극동 지역의 고분에 스웨덴이 웬말일까. 사연은 1926년으로 거슬러 올라간다. 일본인 고고학자들을 비롯해 고고학 전공 대학생들까지 몰려올 만큼 신라시대 보물이 대거 발견되던 무렵, 스웨덴의 황태자 구스타프 6세 아돌프가 황태자비와 함께 해외 순방 중 경주를 찾았다. 조선총독부는 고고학에 관심이 많았던 구스타프를 고분 발굴 현장에 초청했다. 당시 구스타프 6세가 현장에서 몸을 한껏 숙이고 적극적으로 발굴에 참여하는 듯한 사진을 여러 장 볼 수 있는데, 이는 연출된 것으로 보인다. 이미 현장이 거의 수습되고 보물급으로 추정되는 마지막 유물 상자를 개봉하기 직전에 황태자를 불러 사진을 찍었다는 설이 있다.

생각지도 못한 스웨덴과 경주, 일제의 조합에 정신이 얼떨떨해진 채 바로 옆의 또 다른 판판한 고분으로 발길을 돌리면 서봉총보다 이국적인 '데이비드총'을 만날 수 있다. 서봉총 남쪽에 접한 이 고분은 발견 당시에 예산 부족으로 발굴을 하지 못했다. 그러던 차에 아시아 고미술에 관심이 많았던 영국의 퍼시벌 데이비드경이

서봉총 발굴 현장을 찾은 구스타프 황태자. 사진은 국립중앙박물관 소장 유리건판 자료.

서봉총에서 발견된 금관. 사진은 국립중앙박물관 소장
유리건판 자료.

국립경주박물관

서봉총과 구스타프의 소식을 듣고 남쪽분 발굴 자금을 대고 직접 견학하기를 원했다. 데이비드경은 서봉총만큼 가치가 높은 보물들이 무덤에서 쏟아질 것을 기대했으나 결과는 시원치 않았다. 영국령 인도에서 면사 사업으로 막대한 부를 쌓아 아시아 유적 발굴과 고미술에 투자했던 그는 원하던 보물은 얻지 못했지만 어쨌든 희미한 이름을 남겼다.

대릉원 일대를 산책하고 나니 붉은 석양이 하늘에 내려앉는다. 일제강점기 경주에 몰아친 지독한 제국주의의 냄새를 맡으며 허기진 배를 붙잡고 짜장면에 튀긴 계란프라이를 올려주는 대릉원 근처 중국집으로 걸음을 옮긴다.

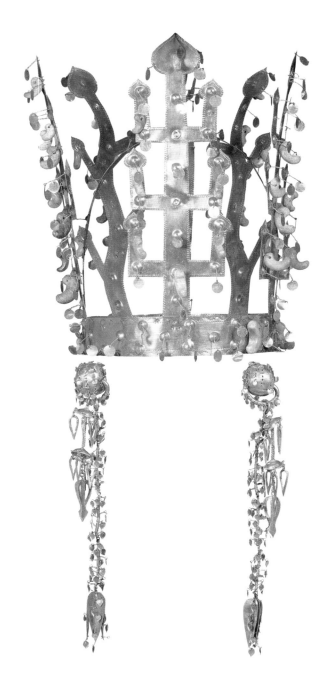

수리 및 보존 처리를 마친 서봉총 금관과 드리개(전면 금관 아래로 떨어지는 장식), 국립중앙박물관 소장.

보물 유리제 잔

국보 봉황머리 모양 유리병

국립경주박물관의 유물

경주박물관의 대표 유물이라고 할 수 있는 통일신라시대의 유리 유물들이다. 유리로 만든 구슬이나 식기류 유물은 신라에서 자체 제작한 것도 있지만, 상당수가 수입된 것으로 추정한다. 유럽, 중국 등지에서 거의 동일한 형태의 유물이 발견되며, 고대 로마의 유리 유물을 소장한 유럽 박물관에서도 봉황머리를 닮은 유리병과 흡사한 유물을 볼 수 있다. 봉황머리 모양 유리병 손잡이에 금속 줄 등을 이용해 수리한 흔적이 남아 있어 과거의 주인이 아끼던 고급 물건임을 알 수 있다.

보
물
목
걸
이

여러 개의 유리구슬과 보석을 꿰어 만든 것이다. 수입된 것으로
추정되는 중앙 구슬을 확대해 보면, 깊은 푸른빛 배경에 사람과 물새가
함께 뒤엉켜 물놀이를 하는 듯한 그림이 그려져 있다.
경주박물관에는 다른 박물관보다 장신구류 보석제 유물이 많다.
북적이는 단체 관람객들 사이에서 조용히 빛나는 보석 유물을 보면
마음이 상쾌해진다.

국립경주박물관의 유물

사진에서는 크기가 느껴지지 않겠지만 실제로 보면 꽤 훤칠하다.
8세기 후반에 제작된 것으로 추정하며 양손과 뒷면의 광배는
사라졌다. 살짝 배를 내밀고 선 자연스러운 자세와 신체 비율이
돋보이며 허리에 질끈 묶은 매듭이 자연스럽다. 채색이 남아 있어
제작 당시 얼마나 화려했을지 짐작할 수 있다.

국보 약사여래

국립경주박물관에는 독특한 형태의 그릇이 많다. 많은 수가
무덤에 부장되었던 것이다. 생전에 즐기던 감흥이 어린
선물을 포장해 넣은 듯하다. 망자를 향한 사랑이 느껴진다.

집 모양 뼈그릇,
오리 모양 토기,
무사 모양 주전자

국립경주박물관의 유물

석
조
사
자
입
석

고양이가 박스 스크래처를 긁는 모습과 너무 똑같아 사자의 위엄은
거의 느껴지지 않는다. 단단하게 기둥에 고정한 네 발, 곱슬거리는
긴 털과 기분이 좋은 듯 가볍게 말려 올라간 꼬리가 매력적이다.

국립광주박물관

청자의
속삭임이
들린다

1978 —— 개관
1979
1980
1981
1982
1983
1984
1985
1986
1987
1988
1989
1990
1991
1992
1993
1994
1995
1996 —— 수장고 신축
1997
1998
1999
2000
2001
2002
2003
2004
2005
2006
2007
2008
2009
2010 —— 재개관
2011
2012
2013
2014
2015
2016
2017
2018
2019
2020
2021
2022
2023
2024
2025
2026
2027
2028
2029
2030
.
.
.

우리가 익히 아는 국립박물관 대부분이 지역의
역사를 기반으로 한다. 부지런히 박물관이 계획되던
박정희 정권 시절, 국립중앙박물관에 집중되어 있던
유물을 전국에 분산시켜 관리하고(재난에 대비하는
차원이었다), 지역 문화와 역사를 면면히 이어가기 위해
지역 거점 박물관이 세워지기 시작했다. 그 전에 이미
백제 문화권이었던 부여와 신라 문화권이었던 경주에는
국립박물관 부여분관, 경주분관이 있었는데, 1975년에
이 둘이 각각 국립부여박물관, 국립경주박물관으로
승격되었고, 이후 전라도, 경상도, 충청도에 차례로
국립박물관이 건립되었다. 이때 전라도에 개관한 것이
광주박물관이다. 그런데 광주박물관은 어딘지 모르게
애매한 구석이 있다. 부여·익산·공주는 백제, 김해는
가야, 경주는 신라가 반사적으로 떠오를 만큼 해당 지역의
고대 문화권이 명명백백하다. 박정희 정권이 의도했던
지역 거점 국립박물관의 역할을 충실히 해낼 자원이 자기

국립광주박물관

발밑에 있었던 것이다. 광주는? 역사에 관심이 지대한
사람이라면 삼한부터 백제, 신라, 고려, 조선 등등 나름의
근거 있는 대답을 내놓을 텐데, 박물관이 선택해야 할
하나의 고대 국가를 꼽으라면 꽤 격한 논쟁이 벌어질
것이다. 어찌 보면 약점 같은 이 애매함을 광주박물관은
특징 있는 유물들로 갈음했다. 남도의 질 좋은 흙으로
빚은 도자기와 한국 해양 유물 발굴 역사상 가장 뜨거운
관심을 받았던 신안 해저 보물이 그것이다.

　　　　친구의 결혼식에 참석하려고 광주에 갔던 날,
나는 바쁘게 움직여 국립광주박물관을 찾았다. 특별전
「고려음: 청자에 담긴 차와 술 문화」(2021)가 열리고
있었다. 갖가지 잔과 주전자, 병이 한자리에 모여 있으니
고려 사람들이 둘러앉아 흥성거리는 소리가 들리는
듯해 즐겁게 관람하는데, 눈에 들어오는 유물이 있었다.
멀리서도 알아볼 수 있는 자태의 청자 투합을 보고
반가워 소리를 지를 뻔했다.
　　　　나는 이 유물과 2016년에 국립중앙박물관에서
첫 인연을 맺었다. 당시 안내문에는 용도를 알 수 없는
물건이라고 적혀 있었다. 두툼한 사각 모양에 어떤 단서가
될 만한 글씨도, 짝이 되는 다른 물건도 없이 덩그러니
놓여 있어 쓰임을 짐작하기 어려웠다. 그런데 본래
소장·관리처인 광주박물관이 기획한 「고려음」전에서
모든 궁금증을 풀 수 있었다.

청자 투합.

　　　이 청자 투합은 고려시대 왕실 발주로 고급
청자를 제작하던 전라남도 강진의 가마터에서 발견되었다.
수도 개성에서 뱃길로 500킬로미터 떨어진 강진까지
왕실에서 쓸 도자기를 주문했던 것을 보면 강진 청자의
품질이 얼마나 뛰어났을지 알고도 남음이 있다.
광주박물관에는 강진 일대에서 제작된 청자 유물이 여럿
있는데, 그 가운데에서도 이 투합은 청자 특유의 오묘한
빛깔을 제대로 보여준다. 왕릉 등 무덤 근처에서 발굴된
점을 미루어볼 때 제사용 그릇을 받치는 데 쓰였으리라
추정되며, 여러 개를 겹쳐 쌓을 수 있는 모양이어서
'투합'(套盒)이라고 칭한다. 실제로 광주박물관은 똑같은
형태의 투합 두 개를 공개했다.

국립광주박물관

중앙박물관에서 처음 이 유물을 만났을 때를 더듬어봤다. 분명 누군가의 생활에서 쓸모를 다했을 물건이 미래에 '용도 불명'이 되는 난망함이 퍽 안타까웠다. 광주박물관에서 두 개가 나란히 두 배로 푸른빛을 발하는 모습을 보니 안심이 되었다. 고향으로 와 경력도 되찾고 짝도 찾은 청자 투합은 더는 미지의 것이 아니었다.

이곳 광주박물관에는 고향으로 돌아가지 못한 도자기도 많다. 바로 신안해저유물이다. 신안해저유물 2만 7000점 가운데 1만 7000점이 광주로 이사를 왔다(7000여 점은 목포해양유물전시관에, 나머지는 국립중앙박물관에 있다).

한반도 최서남단, 크고 작은 섬 1025개가 모자이크처럼 펼쳐진 신안 앞바다 해저 20미터에 중국 저장성에서 일본 후쿠오카로 향하던 배 한 척이 침몰했다. 14세기의 일이다. 그로부터 500여 년이 지난 1970년대에 이 배와 배가 실어 나른 이야기가 알려지기 시작했다. 듣고 있으면 기가 빨리지만 그만 듣기엔 너무 흥미진진한 드라마다. 물속에 얌전히 잠겨 있던 신안해저유물과 그를 노리는 도굴꾼들의 중상모략 서스펜스 스토리는 8부작 드라마로 담기에도 모자란다. 이 글에서는 결말 포함 요약본으로 소개한다. 풀 스토리는 관동대학교 경찰행정학과 전대양 교수가 쓴 국가기록원 자료를 참고하기를 바란다.

　　　　전부터 신안 앞바다에는 그물에 도자기가 여럿
걸리곤 했다. 이 도자기들이 옛날에 사람을 수장하며
사용했던 그릇이라는 풍문이 돌았기에 어부들은 그물에
걸린 도자기를 바다에 도로 던지곤 했다.
　　　　1975년 5월, 평소와 같이 조업하던 어부의
그물에 청자 다섯 점이 걸렸다. 무언가 심상찮음을 느낀
어부는 고맙게도 청자를 팔지 않고 군청에 제출했다.
하지만 이 시절에는 수중 유물 발굴 기술이 마땅치
않았다. 국립박물관이 소장하게 된 꽤 많은 수의 유물은
일제강점기 조선총독부가 대규모 조사로 발굴한 것이었고,
보존과학이나 문화재 발굴 및 처리에 관한 기술의
발전은 뒷전이거나 그 속도가 더뎠다. 사정이 이러하니,
문화재관리국(현 문화재청)은 뾰족한 수가 없었다. 당국이
어물거리는 사이 1년이 지났다. 그러던 1976년 10월,
신안 앞바다에 보물선이 있다는 소물을 듣고 찾아온
도굴꾼들이 검거되었다. 심지어 한 패가 아니라 각기 다른
패거리에서 온 이들이었다. 더는 유물을 방치할 수 없다고
판단한 문화재관리국은 발굴 사업에 착수했다. 이것이 한국
해양 유물 발굴의 시발점이다.
　　　　1976년부터 1984년까지 9년간 열한 차례에 걸쳐
문화재관리국이 발굴 사업을 진행하는 동안, 도굴꾼들도
계속해서 바다에 뛰어들었다. 처음에 도굴꾼들은 밤을 노려

국립광주박물관

몰래 오는 노력도 하지 않았다. 대낮에 작은 배를 타고 와서 보름 넘게 침몰선에 들락날락하며 유물 117점을 건져 여기저기에 팔다가 금방 잡혔다. 이들이 앞서 말한 그들이다. 그런데 이를 계기로 도굴 문제가 오히려 커졌다. 뉴스 보도 후 전국에서 도굴꾼들이 신안 바다로 몰려왔다. 건드리기 께름칙한 금기였던 도자기들이 어느새 돈이 되는 장물로 바뀌어버렸다.

땅에서 출토되는 유물은 흙의 무게나 압력 때문에 형태가 상한 것이 많지만, 푹신한 바다 모래에 몸을 숨기고 있던 도자기는 방금 가마에서 구워낸 양 모양이 멀쩡하고 예뻤을 것이다. 푸른 청자와 맑은 백자가 막 수면 위로 올라왔을 때 자기 표면에 어른거리는 햇빛은 또 얼마나 영롱하고 신비로웠을까. 두 눈으로 보물을 목격한 사람들의 증언이 미디어를 타고 일파만파 퍼졌다.

신안 앞바다에 광기가 어리기 시작했다. 당장 바다에 뛰어들 준비를 하는 사람 중에는 구역 감시를 맡은 공무원들도 있었다. 그들은 도굴꾼과 손을 잡고 유물을 팔았다. 바다가 자기 집 앞마당과 다름없었던 동네 주민들은 잠수부를 고용해 도굴에 가담했다. 한 신안군청 공무원은 UDT 대원들과 판을 짜고 200여 점을 도굴했다. 하다하다 외국인 도굴꾼까지 나타났다. 일본에서 원정을 온 것이었다. 전국으로 팔려 나간 해저 유물은 일본으로도 유출되었다. 일본에는 90년대까지 신안에서 발굴한 도자기를 판매하는 상점이 있었다.

하지만 아이러니하게도 발굴팀이 유물의
위치를 정확히 짚어내지 못하고 있을 때 알려준 이들이
도굴꾼이었다. 나중에는 아예 도굴꾼과 주민 들이 정식으로
발굴에 합류하기도 했다.

하루가 멀다 하고 도굴꾼이 드나들었음에도
발굴팀이 바다에서 건져 올린 유물은 1984년까지 2만 점이
넘었다. 국보급 문화재에 준하는 고려청자와 송, 원의
도자기(신안해저유물 중에 연적이나 그릇 같은 생활 자기가
많은데, 검은 점을 굵직하게 찍어 포인트를 준 것이 송과
원의 도자기이다), 그리고 배에 탄 일본인들이 사용했을
것으로 추정되는 장기판과 장말, 나막신, 동전이 가득한
나무상자도 발견되었다.

지금은 신안해저유물이 국립중앙박물관,
국립광주박물관, 목포해양유물전시관에 나뉘어 관리되고
있지만, 침몰했을지언정 한 배를 타고 운명을 같이한
물건들이니 언젠가는 한자리에 모이면 좋겠다고 생각한다.
그것들이 한데 있는 수장고에 귀를 대면 지나간 수백 년을
한탄하거나 노래하는 유물들의 속삭임을 들을 수 있지
않을까(라고 썼지만 수장고는 폭격을 견딜 수 있을 만큼
벽체가 두꺼워 들릴 리 없다. 유물들은 더 안전한 배로
환승한 것일지도 모른다.)

국립광주박물관은 한산한 편이다. 조용한
박물관에서 유물들의 목소리를 듣는 것은 언제나 즐겁지만,

국립광주박물관

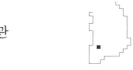

사람들의 발소리가 더 많이 들리면 좋겠다. 오묘했다가 귀여웠다가 기품이 넘쳤다가 화려하기도 한 도자기들이 더 많은 사람들의 눈동자 안에서 빛나면 좋겠다.

초기철기 시대 것으로 옻으로 문양을 그린 칠기. 아무리 오래전이라도 지역별로 얼추 비슷한 문양 유행이 있어 어느 박물관에 가도 익숙한 느낌의 고대 유물을 만날 때가 많다. 이 칠기는 다른 곳에서 보기 어려운 바람개비 문양이 특징이다. 성인 시선 높이에 전시된 바람개비 문양 칠기에서 각진 날개가 달린 옛날 선풍기 바람이 느껴지는 것은 착각일까.

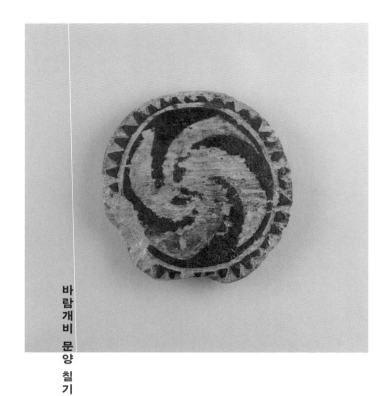

바람개비 문양 칠기

국립광주박물관의 유물

팔을 활짝 벌리고 서서 관람객을 반긴다. 날개를 펼친 새와 닮아서 새 모양 토기일까, 아니면 양옆에 뾰족하게 튀어나온 부분이 새의 머리와 꼬리 같아서 그런 이름이 붙었을까. 처음 이름을 붙인 이를 찾아 물어보고 싶다. 새 모양 토기 여러 개가 전시실 한쪽에 와글와글 모여 팔을 벌리고 인사하는 모습은 언제 봐도 흐뭇하다. 따뜻하게 익은 붉은색도 다감한 형태와 잘 어울린다.

새 모양
토기

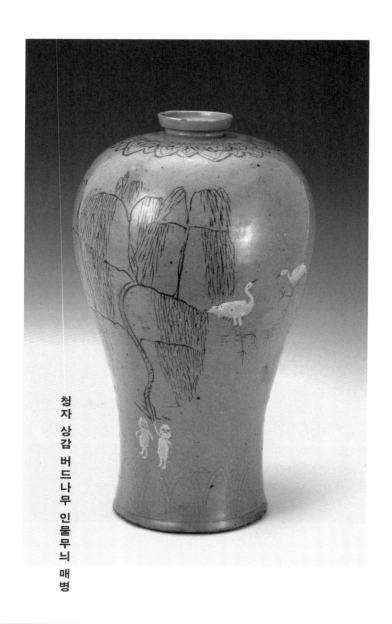

청자 상감 버드나무 인물무늬 매병

해맑게 웃는 매병 속 두 사람과 눈이 마주치면 누구라도 절로
웃게 될 것이다. 이런 다정한 얼굴들 때문에 유물을 획획 지나치기가
어렵다.

국립광주박물관의 유물

청자 음각 용무늬 매병

강진에 있던 청자 가마터에서 출토된 파편을 모아 붙이고 결손된
부분은 복원해 원래 모양을 되찾았다. 푸른빛을 띠는 하단이
원래의 파편을 접합한 부분이고 상단의 광택이 도는 노란 부분이
복원부이다. 거의 비슷한 형태와 문양을 가진 청자가 광주박물관에
여럿 소장되어 있는데, 그 유물들을 모아 연구한 끝에 결손된
부분에 그려졌던 음각 용무늬를 복원할 수 있었던 것 같다.
보존과학 측면에서 관찰할 거리가 많은 유물이다.

기왓골에 동그랗게 단순화한 치미까지 갖출 것은 모두 갖춘
자그마한 불감이다. 불감은 불상을 봉안하는 집이라고 생각하면
된다. 짙은 동색 위에 청동병의 푸른색이 엷게 올라와 색의 깊이감이
멋스럽다. 살짝 깨진 문틈으로 눈을 가까이 가져가면 아름다운
향과 오색이 빛나는 불교 세계가 보일 것만 같다.

보물 청동불감

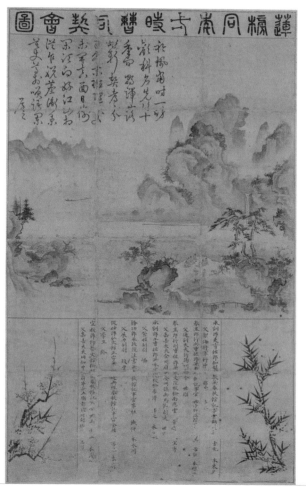

주로 문인들이 친목을 도모하던 모임 '계회'를 기록한 그림으로,
하단에는 모임에 참여한 사람의 수와 관직, 자와 호를 쓰는 것도
모자라 본관에 부친의 관직과 이름까지 적었다. 지금으로 따지면
SNS에 여러 사람의 계정을 태그한 모임 기념사진일 것이다.
이 그림은 1531년 같은 해에 대과에 급제한 이들이 모인 계회를
기록한 것인데, 산수가 화면 전체를 차지하고 사람은 아주 작게
그렸다. 조선의 문인이 추구한 자연과 인간의 이상적인 모습을
알 수 있다.

무이구곡도

전남 진도 출신 화가 소치 허련이 그린 10폭 병풍으로, 단단한
모양을 갖춘 바위산 사이 비워진 화면에서 느껴지는 공간감이
환상적이다. 마침 비 오는 날 진도를 지나며 마주친 풍경이 허련의
작품 속 세계와 닮아 있어 그의 그림들을 한층 더 좋아하게 되었다.

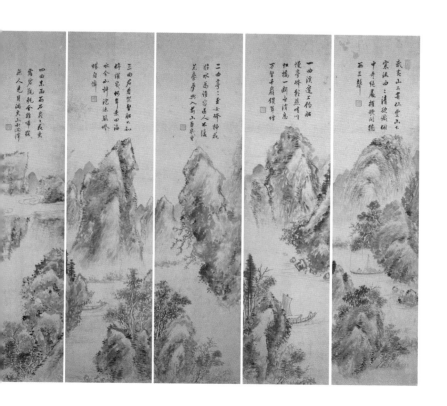

보물 심득경 초상

윤두서가 절친했던 심득경의 죽음을 추모하며 그린 것이다.
친구의 습관이나 자세를 잘 알고 그린 초상화답게, 갈 지(之) 자로
벌린 발, 살짝 구부정한 자세가 생동감 있다(손을 숨기고 발을 벌린
편안한 포즈는 조선시대 초상화에서 자주 등장한다). 심득경의 몸에 밴
자연스러운 자세를 표현하기 위해 윤두서는 친구의 생전 모습을
반복해 떠올리려고 애썼을 것이다.
조선시대 초상화에서 몸의 외곽선, 특히 어깨 부분의 선은 철사같이
일정하고 깨끗한 선이라고 하여 이름 붙은 '철선'으로 그려지는 것이
대부분이다. 그런데 심득경의 초상화에서는 미묘하게 어깨선이 더
강조되어 보인다. 자유자재로 선의 강약을 표현할 수 있었던 윤두서의
필력이었다면 어깨 윤곽선을 한 호흡에 길게 뽑아낼 수 있었을 것이다.
하지만 그는 그렇게 그리지 않았다. 심득경과의 시간을 추억하며
그의 어깨선을 그리는 찰나에 윤두서의 마음이 얼마나 일렁였을지,
한편으로는 얼마나 침착하게 이 선을 마무리짓고 싶었을지 생각하니
내 마음도 일렁였다. 이토록 담담하고 애절하고 정성스러운 애도가
있을까. 완성된 초상화를 본 심득경의 가족은 "초상화가 터럭 하나
틀리지 않아 벽에 걸었더니 온 집안이 놀라서 울었다"고 한다.

국립광주박물관의 유물

真公沈圡處齋定

水月其一歌至其論好詞藁疑碓辛
其陟惟子之吾意遺之桓
淑文賞

相往嘗為崇溪是方沈仲持之望及相山序偁臘公曾恒亮元
山躔日迓盡序真矣車身難居正述越公隆隆公其久嘗
後歲然元年殘存諱其見情真孝塵子之孫銘加子之端纉遺
至子之孫傳孰加子之德之誠
纉興李敬筆手楷書

雄
壬三十六年庚寅十月寫時
公程逸筆四月之海南宁子孫詩遺公堂

53

국립대구박물관

뛰노는 어린이들이
이웃 박물관

1994 —— 개관
1995
1996
1997
1998
1999
2000
2001
2002
2003
2004
2005
2006
2007
2008
2009
2010 —— 재개관
2011
2012
2013
2014
2015
2016
2017
2018
2019
2020
2021
2022
2023
2024
2025
2026
2027
2028
2029
.
.
.

학교 다닐 때가 좋다는 말을 내가 하게 될 줄은
몰랐는데, 학교 다닐 때가 진짜 좋았다. 기숙사 생활이나
무미한 학교 식당 밥은 그립지 않은데, 학교에서 눈 떠서
버스를 타면 나를 전국의 박물관으로 날라주는 답사
버스나 게으름을 피울 수 없는 빡빡한 일정이 그립다.
수도권에 자리를 잡고 살며 운전면허도 땄건만 지금은
지방에 답사를 가려면 마음을 굳게 먹어야 한다. 컴퓨터
전원을 켜고 앉아서 방문한 지 가장 오래된 박물관부터
목록을 작성한다. 모니터에 띄운 지도를 이리저리 옮기며
집에서 박물관까지 편도 거리와 운전 시간을 셈한다.
두 시간 거리는 당일치기도 괜찮지만 세 시간이 넘어가면
숙박업소까지 알아보는 편이 낫다. 그래도 가야지.
커피 한 잔을 만들어서 다시 자리에 앉는다. 트위터에서
지금 어디 여행 간 사람이 없나 눈여겨보다가 누가 어느
도시에 있는 맛집이라도 추천하면 냉큼 지도 앱을 열어
지역명에 '박물관'을 붙여 검색한다. 어떤 지역은 박물관에

국립대구박물관

핀이 여러 개 꽂히는데, 어떤 지역은 박물관계의
황무지처럼 핀 한두 개가 쓸쓸하게 표시된다. 시내에서
떨어져 외따로 있는 박물관은 정말 외압이 없으면 자주
방문하기가 어렵다. 반면 시내 중심에 위치한다는 사실
하나 때문에 구미가 당기는 곳이 있다. 국립대구박물관은
의심의 여지없이 후자다.

     대구박물관은 황금동에 자리 잡은 범어공원
한 귀퉁이에 있다. 공원을 둘러싸고 아파트들이 죽
늘어서 있는데, 방향이 맞으면 집 안에서 박물관을
내다볼 수 있을 듯하다. 박물관 뷰를 보며 사는 것이
작은 소망이기에, 나중에 지금 사는 곳에서 보다
먼 곳으로 이주할 수 있다면 대구박물관 근처로 오고
싶다. 범어공원에 있는 주민체육센터나 어린이회관처럼
박물관도 만만한 공공시설로 보이는 것이 특히 마음에
든다. 근방에 옹기종기 모여 있는 유치원, 초등학교,
중학교, 고등학교에서는 수시로 학생들을 박물관으로
보낼 것이다. 여름엔 여름방학 숙제로, 겨울엔 겨울방학
숙제로, 금요일엔 현장 학습을 이유로. 나 같은 비학생
시민은 어쩌면 한참 기다렸다가 입장해야 할지도
모르겠다. 동네 아이들로 이루어진 그 인파마저
마음에 든다.

     여덟 번째로 건립된 국립박물관인 대구박물관은
가야·신라 유물이 많은 경상도 지역의 특성 덕분에 고대

문화에 대한 소개가 풍성하고, 한국 근현대의 발전 동력이자 대구 시민들의 생계를 책임졌던 섬유 산업을 상징하는 '복식문화 특성화 박물관'이다. 처음부터 옷에 특화된 것은 아니었다. 개관 당시에 두었던 민속실을 2010년 섬유복식실로 개편했고, 2019년에 한 차례 더 수정과 보완이 이루어져 복식문화실이 생겼다. 대구박물관에서 차로 30여 분 거리에 섬유박물관이 있으니 함께 간다면 '섬유의 도시' 대구의 면모를 제대로 볼 수 있다.

대구박물관은 기획전도 복식에 초점을 맞추는 편이다. 모자의 나라로 불릴 정도로 쓸 것이 다채로웠던 조선시대를 대표하는 갓, 아직 존재 자체가 생소하지만 보면 볼수록 매력적이고 희귀한 조선의 카펫 모담, 단정한 한복을 단박에 화려한 파티복으로 바꿔주는 금박 장식, 옷매무새를 유지해주는 장식이자 시대의 유행과 공예 기술이 깃든 띠와 끈 등 다채로운 전통 의복 세계를 펼쳐 보여주고 있다.

내가 대구박물관을 찾았을 때에는 기획전 「선비의 멋, 갓」(2020)이 진행 중이었다. 본래 갓은 모자 전반을 포괄하는 단어이지만, 대부분 검고 넓고 적당히 높이가 있는 쓰개거리인 흑립(우리가 익히 아는 그 모자)을 갓이라고 부른다. 흑립은 시대별로 형태가 다양하게 바뀌어 의복 관련 전시에서는 빠지지 않고 등장하는 유물이다.

갓은 말의 꼬리털인 말총으로 만들어진다고 알려져 있지만 반드시 그렇지는 않았다. 조선 초기에는 대나무가 모자의 주 재료였는데, 꺾이거나 부딪혀 부서지는 경우가

국립대구박물관

갈모와 갓과 탕건. 국립중앙박물관 소장 자료.

많고 수리가 어려운 대나무를 대체하고자 말총이 쓰이기 시작했다. 대나무는 가볍고 탄성이 좋은 데다 구하기 쉽고 가공이 용이했고, 말총은 가늘고 특유의 광택이 있어 인기가 높았지만 서민이 구하기에는 너무 비쌌다.

갓 제작에는 고도의 기술력이 필요했다. 아래쪽 차양 부분인 '양태'와 위로 솟은 모자 부분인 '대우'를 따로 만들고, 얇디얇은 비단을 덧대 차광력을 높이고 색에 깊이를 더한 뒤 다시 합쳐 완성했다. 양태를 만드는 장인, 대우를 만드는 장인, 두 부분을 합치는 장인이 따로 있었다. 완성하기까지 보름에서 한 달이 걸렸다.

이 전시에서 가장 인상 깊었던 것은 생각보다 갓의 모양이 다양하다는 점이었다. 15세기 조선 초에는 대우가 둥근 둔덕 모양이었다. 드라마 「정도전」 속 인물들이 쓰고 다니던 '중립'(굵은 짜임의 대나무로 만든 모자)이 그 예다. 임진왜란(1592~1598)이 지나면 대우에 각이 생기고 점차 높아져 머리에 아이스크림콘을 뒤집어 놓은 모양새가 된다. 17세기부터는 대우가 낮아지고 양태가 어깨너비까지 넓어져 문을 드나들기도 어려웠다고 한다. 18세기에 대우와 양태의 황금비율을 찾았는데, 이때부터는 액세서리가 유행이었는지 원래 가슴 윗부분에서 끝나던 갓끈을 가슴 아래까지 길게 늘어뜨려 뽐냈다. 갓끈이 어느 정도로 길었느냐 하면, 18세기 화가 신윤복(1758~1814?)의 그림 「청금상련」 속 인물의 갓끈은 거의 고간까지 내려온다. 그러다 어느 한양 멋쟁이가 무슨 바람을 불어넣었는지 19세기에 다시 양태가

국립대구박물관

잔뜩 넓어지고 대우는 상대적으로 좁아져 흡사 비행접시 같아졌다. 조선 말기로 가면 높이와 폭이 줄어들었고, 고종 때에 의복 개혁이 단행되면서 마당극에서나 한복 소품으로 볼 수 있는 자그마한 모양으로 변했다.

갓 모양의 변천사를 한눈에 볼 수 있도록 한 디스플레이도 인상적이었다. 전시 케이스 벽면에 걸어둔 갓 뒤에서 쏘아진 조명이 서로 다른 갓의 짜임과 밀도를 선명하게 보여주었다. 덕분에 갓 겉면을 검게 먹이나 염액으로 물들여 생기는 광택도 놓치지 않고 볼 수 있었다.

모자만 죽 늘어놓아 자칫 단조로울 수 있는 전시였는데도 갓의 아름다움이 성큼 다가왔다. 고아한 갓 한 점과 강렬한 색의 배경이 대조를 이루며 눈을 뗄 수 없었다. 관람객이 혹여 지루해하지 않을까 박물관이 고심한 흔적이 느껴졌다. 새로 단장한 국립민속박물관이나 귀한 의복 유물을 다수 전시하고 있는 온양민속박물관에서도 비슷한 전시 분위기를 느낄 수 있다.

민속 유물은 지루하고 볼 것이 없다는 세간의 평에 박물관들은 많은 고민과 시도를 하고 있다. 언젠가는 지금 유행하는 팝(pop)한 전시 방식도 촌스럽고 지루하다고 평가될지 모르지만, 그때는 또 다른 방식의 시도와 변화가 있을 것이다. 그 재미난 흐름을 오래오래 구경하고 싶어 나와 박물관의 건강과 장수를 기원해본다.

　　　서둘러 박물관에 입장할 때는 몰랐는데, 전시실에서
나오고 보니 로비가 그렇게 밝을 수가 없었다. 공원의
푸름과 대비되는 붉은 벽돌이 인상적인 박물관 건물은
공간건축사사무소(옛 부여박물관과 국립진주박물관 등을
설계한 김수근이 창립했다)의 정세양이 설계했다. 과거의
시간과 현재의 시간이 한 공간에서 흐르는 감각을 빛으로
조절하려 했던 그는, 관람객들이 햇빛이 쏟아지는 중앙
로비와 인공조명만 있는 전시실의 대비를 통해 현재와
과거를 오가는 느낌을 극대화하려 했다고 한다.
　　　로비의 채광은 박물관 중에서 최고였다. 많은
박물관이 전시실의 다소 밀폐된 고립감을 해소하기 위해
탁 트인 로비와 따사로운 햇빛이 쏟아지는 천창을
설치하는데, 실내에 열기가 고여서인지 결국 천창에
차양막을 드리워 햇빛을 거른다. 대구박물관은 여름에 갔을
때에도 햇살을 그대로 받고 있어 박물관이 빛의 우물처럼
보였다. 지금은 로비에 설치된 거대한 미디어 월에서
햇빛보다 밝고 환한 빛이 뿜어져 나온다. 알록달록한 화면에
햇빛의 존재감이 가려진 것 같아 아쉽지만, 박물관의 새로운
모습을 보여주려는 시도임을 알기에 말을 삼킨다.

　　　집에서부터 먼 길을 달려 도착한 박물관일수록
오래 앉아 있고 싶다. 박물관을 좋아하게 된 계기도,

국립대구박물관

박물관을 다니던 초반에 하던 일도 박물관에 그냥 엉덩이를 붙이고 항온항습기와 공기청정기의 혜택을 누리며 한참 앉아 있는 것이었다.

대구박물관은 머물기 좋은 곳이다. 로비에는 학교 운동장에 있을 법한 스탠드가 떡하니 자리 잡고 있다. 아이를 동반한 가족은 전시실 하나를 돌고 여기 앉아 쉬며 시간을 보낸다. 아이들은 스탠드 사이사이를 제 맘대로 걷고 박물관 한가운데에서 원하는 모양으로 팔과 다리를 움직인다. 자유롭고 편안한 분위기다. 전시를 전부 관람하고 돌아가야 한다는 압박감도 없다. 야외에서도 어린이들이 집에서 가지고 온 장난감을 들고 신나게 논다. 박물관 안에 있는 커피 전문점에는 마실 온 어른들로 붐빈다.

멀리서 이 광경을 보면 이들이 박물관에는 전혀 관심이 없는 것은 아닐까 하는 생각이 든다. 그런데 박물관에서 꼭 전시를 봐야 할까. 동네 공공도서관처럼 박물관에도 누구나 원하는 대로 들어와서 원하는 대로 말하고, 보고, 쉬며 시간을 보낼 수 있어야 한다. 누구도 박물관에 들어온 사람에게 무엇을 하라고 지시할 수 없고, 유물에 눈을 돌리지 않는 방문객을 나무랄 수 없다. 이 공간을 사용하는 것은 방문객 개개인의 몫이다. 물론 상식을 지키는 선에서.

대구박물관은 사람들이 박물관에서 누릴 수 있는 당연함을 당연하게 받아들이는 포용적인 장소였다.

그리고 이 공간을 거닐고 이 공간에서 시간을 보내며
이 공간에 익숙해진 방문객은 박물관과 가깝지 않은 이보다
자주 유물들과 스치며 인연을 만들 것이다. 책을 사서 침대
주변에 쌓아두면 자는 사이에 책의 지식이 신묘한 파장을
통해 미량이나마 몸에 흡수될 것이라는 말도 안 되는
믿음을 나는 가지고 있다. 그런 입장에서 어떤 방식으로든
박물관에 편안하게 머무르는 사람은 유물에 대해, 박물관에
대해, 공공시설에 대해 더 깊은 이해로 나아갈 수 있을
것이라고 믿는다.
        다시 지도 앱을 켜서 대구박물관 주변 상권이며
집 매물을 살핀다. 박물관 근처에 카페가 있고 앞뒤로
집들이 빼곡하다. 매매 가격을 본다. 흠, 아직 대구로 이사를
오기엔 너무 이른 것 같다.

국립대구박물관

용머리 장식 도르래

당간과 당간지주는 사찰의 영역을 표시하고 사찰에서 열리는
행사를 알리는 깃발을 거는 일종의 게양대 세트인데, 현재
대구박물관 야외 공간에 전시된 것은 다른 곳에 남은 당간지주를
바탕으로 복원한 것이다.

당간 꼭대기에 보이는 용머리 장식 도르래의 실례가 박물관에
전시되어 있다. 통일신라시대의 용머리 장식(보물) 도르래다. 실제
크기가 엄청나게 커서 당간이 버티는 것이 용하다는 생각이 든다.

국가민속문화재
흥선대원군
기린무늬 흉배

포말을 살짝 스치듯 밟고 구름 사이를 뛰어 노는 해맑은 얼굴의
기린이 반짝이는 금사로 표현된 흉배다. 기린은 풀을 밟지 않는
짐승으로 몸통은 사슴, 꼬리는 소, 용의 이마에 말의 발굽을 가졌으며,
머리에는 우리가 잘 아는 목이 긴 기린처럼 뿔이 두 개 달렸다.
온양민속박물관과 국립고궁박물관이 소장한 흉배에는 기린이 아니라
거북이 금사로 수놓아져 있다.

국립대구박물관의 유물

삼국시대 지배자급 무덤에서 출토되었다. 관테에 붙은 세움장식은
금속판의 가장자리를 얇게 오린 후 일일이 꼬아서 새의 깃털
모양처럼 만든 것이다. 멀리서 보면 공작 꼬리깃 세 개를 꽂은
듯하다.

조선 불상 중에 현대인의 기준으로 제일 잘생겼다는 평을 받는다.
조선 불상 대개가 살짝 나온 배, 기묘하게 큰 머리, 약간 뚱한
얼굴을 하고 있어 상대적으로 잘생긴 편이라는 소리다. 시기와
양식이 같은 것은 아니지만 조선시대 불상인 경기도 광주시 유정리
석불좌상과 비교해보면, 천주사 출토 아미타불의 '미모'를 인정할
수밖에 없을 것이다. 유정리 석불좌상에 유감은 없다. 다른 의미에서
상당히 좋아하는 불상이다. 대구 팔공산에 있는 '갓바위'로 불리는
유명한 마애불이, 조선시대와는 시대적 거리가 있는 7~9세기에
조성된 것이긴 하지만 둥근 얼굴, 가늘고 긴 눈, 야무지게 근육이 잡힌
입매 등이 천주사 출토 아미타불과 닮았다.

칠곡 천주사 출토 아미타불

**십
자
가**

뜬금없이 등장한 녹슨 십자가에 놀라 이 유물이 어디에서 왔을까
정보를 찾았다. 천주교 성지가 남아 있는 칠곡에서 발굴된
이 유물은 서학이 전국으로 퍼지던 조선시대 말 천주교 신자들이
지녔던 것으로 추정된다. 불교가 아닌 종교의 유물을 박물관에서
만나는 건 흔치 않아 색다르게 다가왔던 기억이 난다.

17세기 후반 온돌이 본격적으로 보급되기 전, 바닥에서 올라오는 냉기를 막기 위한 용도로 제작된 조선시대의 카페트다. 모담에 그려진 화려한 그림은 찍어낸 것이 아니라 색실을 이용해 짠 것이다. 직조 방식으로 문양을 넣다 보니 기하학적 문양이 많다. 두 번째 모담 중앙에는 커다랗게 몸을 말고 고개를 늘어뜨린 학 한 마리가 보인다. 위와 아래에는 서로 마주보는, 좌우 대칭의 쌍학이 있다. 일부러 납작하게 잡아 늘인 듯한 문양에 우아한 색상이 매력적이다. 세 번째 모담의 학은 더 분명하게 알아볼 수 있다. 몸통이 통통하고 다리가 짧아 기러기인가 하고 들여다보니 붉은색 이마가 학임을 증명해주었다.

모담

국립대구박물관의 유물

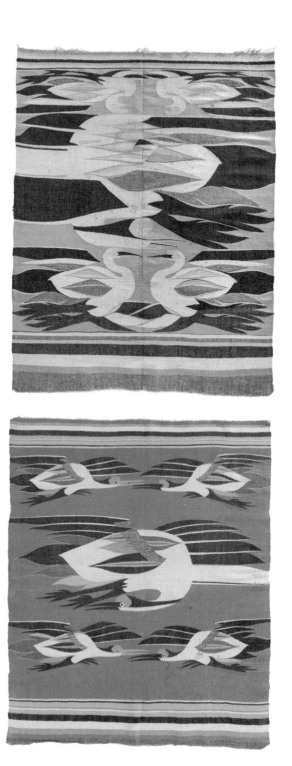

겹저고리

경북 안동이 고향인 권순분 씨의 혼수용 저고리로, 집에서 직접 제작한
것이다. 해방 이후의 디자인인데, 밝은 듯 여린 색감의 꽃무늬는
불투명하고 흰색의 배경 부분은 투명해서 내의를 어떻게 갖춰
입느냐에 따라 여러 효과를 줄 수 있었을 것이다. 대구박물관은 한복의
발전상을 알 수 있는 유물을 다수 소장, 전시한다.

국립대구박물관의 유물

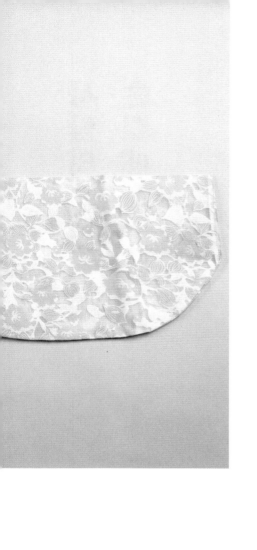

사람의 손길에 윤이 난 물건을 모으다

국립민속박물관

1965
1966
1967
1968
1969
1970
1971
1972
1973
1974
1975 —— 한국민속박물관으로 개관
1976
1977
1978
1979 —— 국립민속박물관으로 개편
1980
1981
1982
1983
1984
1985
1986
1987
1988
1989
1990
1991
1992
1993 —— 현 건물(구 국립중앙박물관 청사)로 이전
1994
1995
1996
1997
1998
1999
2000
2001
2002
2003
2004
2005
2006
2007
2008
2009
2010
2011
2012
2013
2014
2015
2016
2017
2018
2019
2020
2021 —— 국립민속박물관 파주(개방형 수장고) 개관
2022
2023
2024
2025
2026
2027
2028
2029
2030 —— 파주로 이전 예정
.
.
.

국립민속박물관은 경복궁 주변에서 가장 시선이 가는 건물이다. 좋게 보면 길을 잃었을 때 지표가 되어줄 만큼 특이하고, 나쁘게 보면 "한국 최악의 건축물"로 뽑힌 것이 수긍이 가게 생겼다. 지금까지 이 건축물에 대해 호평하는 사람을 본 적이 없다.

민속박물관을 위해 변을 대신하자면, 이 건물은 1960~70년대에 국립중앙박물관 역할을 한 종합박물관 건물이다. 국가 대표 박물관을 짓는 일에 신경을 덜 썼을 리는 없다. 1966년 박정희 정부 당시 문화재관리국에서 국립종합박물관 현상설계 공모를 내며 "건물 자체가 어떤 문화재의 외형을 모방함으로써 그 조합과 질감이 그대로 나타나게 할 것이며 여러 동이 조화된 문화재 건축을 모방해도 좋다"라는 지침을 덧붙였다. 경복궁과 더불어 서울의 랜드마크가 될 수 있도록, 또 국립종합박물관이라는 상징성에 걸맞도록 한국적 건축의 정수를 모으겠다는 의지가 엿보인다. 이를

국립민속박물관

비판하는 목소리와 보이콧 움직임이 있었으나 언제나 그렇듯 주어진 과제에 충실히 도전하는 이들도 있었다.

당선된 강봉진의 설계는 불국사의 청운교와 백운교, 경복궁 근정전의 석조 난간, 법주사 팔상전, 화엄사의 각황전, 금산사의 미륵전을 조합한 것이었다. 요소 하나하나는 모두 국보급이다. 의도도, 원재료도 좋은데 모아 놓으니 어디에 눈을 둬야 할지 모르겠고, 어디가 아름다운지 모르겠는 지경이 되어버렸다. 한식으로 비유하자면, 된장찌개 위에 신선로 냄비를 올리고 그 위에 약과와 비빔밥, 전통 홍주를 몰아넣고, 다시 그것을 좁은 소반에 올린 꼴이랄까? 각각은 맛있고 멋있는 한국 음식인데 하나로 뒤섞으면 맛이 오묘해지는 것처럼, 국립민속박물관 건물도 그렇게 기묘해져버렸다. 외양이야 어떻든 간에 내부라도 효율적으로 사용할 수 있으면 좋았을 텐데 그렇지가 못하다.

웅장하게 솟은 상층부 탑신을 보며 저 꼭대기에는 어떤 유물이 전시되어 있을지 기대하는 관람객이 제법 많지만 올라갈 수 없다. 마치 탑의 기단 역할을 하는 듯한 중앙 하단부 계단(불국사 청운교, 백운교)도 출입이 금지돼 있다. 말인즉슨, 1층 네모반듯한 부분만 전시 및 사무 공간이고, 그 위에 얹은 팔상전, 각황전, 미륵전은 거대한 콘크리트 피규어에 불과하다. 오래전 민속박물관에서 일했던 분의 이야기에 따르면, 단열이나 습기 차단이 잘되지 않아 유물을

관리하고 보존 처리하기에도 적합하지 않은 환경이었다고
한다.
        최근 파주에 민속박물관 개방형 수장고가 문을
열었다. 소장 유물을 보존 처리하고 방대한 아카이브
자료를 체험·이용할 수 있는 공간이다. 아직까지는 서울과
파주 둘 다 운영하지만, 2030년까지 소장 유물을 모두
파주로 이전할 계획이라고 한다. 이후 지금 건물은 철거되고
그 자리에 경복궁 선원전(왕실 자료와 어진을 보관하던
곳)이 복원될 예정이다.

        민속박물관은 내게 각별한 의미가 있다. 나는
박물관을 좋아했지만 박물관이 어떻게 수만 점의 유물을
품게 되는지는 그다지 궁금하지 않았다. 박물관은 누가
썼는지 모르는 오래된 물건들이 일정한 법칙 아래 모여
있는 공간이자, 언제나 개방된 공간이라고만 생각했다.
의미 있는 물건을 오래 소장하고 싶고, 내도록 보고 싶은
것은 인간 공통의 마음일 테니, 박물관은 인류 역사와
함께 우리 곁에 있어온 당연한 공간이라는 환상이 있었다.
같은 자리에(여러 번 이전하며 자리를 꽤 옮기는 유동적인
존재인데도), 같은 모습으로, 같은 유물을 품어왔을
것이라고, 나보다 오래되었고 오래 살아갈 것이라고
여겼다. 유물도 그렇다. 한 시대가 저물면 다음 시대로
전대의 물건이 유품처럼 전수되고 누적되어 자연스럽게
박물관 컬렉션의 기초가 되었겠거니 생각했다. 하지만

국립민속박물관

중앙박물관을 포함해 국립박물관은 20세기 들어 탄생한 꽤 신생 기관이며, 유물도 사학, 고고미술학, 발굴 기술 등의 발전에 힘입어 19세기 말, 20세기 초에 발굴된 것이 많다.

2015년 민속박물관에서 열린 「민속학자 김태곤이 본 한국무속」전은 유물이 손에서 손으로 무탈하게 전해져왔고, 원래부터 박물관에 있었을 것이라는 안이한 환상을 깨주었다. 땅과 바다에서, 누군가의 창고에서 유물을 건져 올리는 일을 하는 사람, 유물이 제 모습을 찾도록 수리하는 사람, 박물관이 언제나 쾌적하도록 관리하는 사람의 존재를 알려주었다.

김태곤(1936~1996)은 대학생 시절부터 평생 민속 현장을 기록하고 조사하며 책 34권, 논문과 기타 글 200여 편을 남겼다. 그는 몽골과 시베리아까지 범위를 넓혀 한반도와 관련된 무속 현장을 찾아다니며, 멸실 위기에 처했던 관운장군도, 서울 동묘에 있던 그림으로 행방을 찾기 어려워 사진으로만 남을 뻔했던 삼국지연의도, 여러 지역의 굿 사진과 동영상(김태곤의 영상 기록 덕분에 맥이 끊길 뻔했던 남이장군사당제를 복원할 수 있었다)을 포함해 상당한 양의 민속 아카이브 자료와 유물을 수집했다. 1996년 김태곤이 세상을 떠난 뒤, 그의 소장품을 부인 손장연이 항온기, 항습기까지 두고 관리하다가 2012년 아카이브 자료

3만 198점, 유물 1544점을 민속박물관에 기증했다.

　　　　「민속학자 김태곤이 본 한국무속」은 김태곤이 평생
수집한 것들을 소개하는 전시였다. 전시장에는 김태곤의
기록인 셀 수 없이 많은 노트와 비디오, 사진이 펼쳐져
있었다. 개인이 이 물건들을 어떻게 모으고 관리할 수
있었는지 의문을 넘어 경외심이 들 정도였다.

　　　　나는 방대한 양의 전시품에 압도되었다. 그가
한반도 바깥까지 돌아다니며 평생을 투자해 민속·무속
유물을 모은 이유는 '사람'이었다. 눈앞에 보이지 않는
불특정한 사람들에게 자신이 알게 된 것을 전해주겠다는
의지였다. 그것은 일종의 인류애였고, 나는 형언할 수 없는
감동을 느꼈다. 그도 자신이 하는 일이, 자신이 수집하고
기록하는 것이 당장에 그 가치가 드러나지 않을 수 있다는
것을 어렴풋이 짐작했을 것이다. 그럼에도 그는 죽을
때까지 포기하지 않고 자신이 자신에게 부과한 임무를
다했다. 한반도에 살고 있는, 그리고 살게 될 사람들을
위해 일생을 바친 것이다. 순수하고 거대한 선의가 없으면
할 수 없는 일이다. 사람이 사람을 사랑해서 하는 일이다.
이토록 직접적으로 사람의 힘과 근성과 후세를 향한 애정이
느껴지는 유물을 본 것은 처음이었다.

　　　　민속박물관은 이처럼 고미술 박물관과는 성격이
다른 유물들을 수집·보존·전시한다. 미술적 가치가
있다고 보기 어려운 생활 폐기물이나 지나간 유행의

국립민속박물관

부산물, 때묻은 생활재 등 사람의 손을 타서 윤이 나는 것들을 말이다. 우리 일상에서 지극히 평범하고 조금은 그늘진 자리에 있었던 것들이 민속박물관에서 소박하고 끈질긴 빛을 발한다. 손기름에 코기름까지 민속 유물의 윤기에 한몫했을 것이다. 손잡이 부분이 변색된 아이돌 응원봉이나 언리미티드 에디션에서 샀던 굿즈도 언젠가 21세기의 대중 문화를 상징하는 물건으로 민속박물관에 전시될지 모른다. 만든 사람, 사용한 사람, 수집한 사람, 보는 사람의 손길과 눈길을 받으며 점점 반질반질해지는 유물을 보는 기쁨은 민속박물관에서만 느낄 수 있다.

'민속'이라는 단어는 쿨하지 않고 해묵은 인상을 풍긴다. 하지만 거꾸로 생각하면, 따뜻하고 길이 전승된 삶의 모습이다. 왕조나 사조가 아니라 24절기와 별자리, 생일상과 상여, 노동과 놀이가 쓴 역사다.

얼마 전에 본 영화 「이니셰린의 밴시」에서 두 주인공이 이런 대화를 나눈다.

"17세기에 다정한 걸로 기억되는 사람이 있나?"

"글쎄요."

"없어. 하지만 우리는 17세기 음악과 모차르트는 기억해."

문득 민속박물관이 떠올랐다. 17세기 조선시대 장인과 문인의 손에서 탄생한 백자와 그림과 글씨는 국립중앙박물관이나 국립고궁박물관에 있다. 그곳에서

우리는 조선시대에 꽃피운 예술을 찬탄한다. 이들은
모차르트다. 국립민속박물관에는 거장, 비투루오소,
마에스트로는 없다. 대신 수더분하니 삶의 현장에서
부지런히 움직인 사람들이 있다. 대단하게 기억되지 않지만
자기 생을 성실히 살았던, 어쩌면 다정했을지 모를 사람들의
흔적이 있다. 태왁을 감싼 꽃무늬 천과 성기고 굵은
바늘땀에 이름 모를 해녀의 솜씨가 어려 있다. 보통 사람과
보통의 삶을 기록하는 것은 민속박물관만이 할 수 있는
일이다. 민속박물관의 유물과 전시가 갖는 특별함은 바로
이것이다.

카세트 레코더

국립민속박물관 소장 유물 가운데 '김태곤 관련 자료'라는 명칭이
붙은 것에는 카세트 레코더, 비디오 캠코더, 녹음기, 타자기 등
민속 현장을 기록했던 물건이 많다. 그와 그의 기록과 그가
기록하기 위해 사용했던 도구가 모두 유물이 되어 박물관에
자리하고 있다.

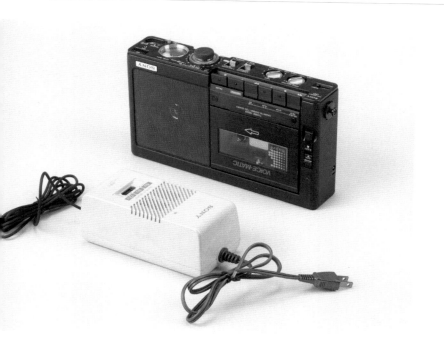

김태곤이 수집한 무속 자료. 무속인이 일을 그만두거나 사망하면
사용하던 무구와 의상을 태우거나 땅에 묻기 때문에 부러 수집하지
않으면 온전한 상태로 볼 수 없다. 귀한 자료다.

저
고
리

무속인이 신당에서 오래 사용했는지 윗부분이 초의 그을음 때문에 거멓게 변했다. 상단만 잿빛으로 변한 탱화나 무속화 유물이 많은 것은 촛불의 열기를 타고 그을음이 위로 올라가기 때문이다. 중앙에 자리한 제석신(집안의 수명과 안녕을 관장하는 신)의 가사 속 형광 초록색 머리는 산화의 결과물이다.

삼불제석도

청동불좌상

승모근이 굳은 듯 올라간 어깨에 투박하게 덩어리로 처리한 몸체
표현이 아주 매력적이다. 멀뚱하니 심심한 표정 속에 순정하고
영검한 기운을 숨기고 있는 것 같다.

근대까지 해녀들이 입던 물소중이가 무명에서 고무 재질로
바뀌었다. 우리 생활, 특히 농어촌 사람들의 삶에 집중해온
민속박물관에서 볼 수 있는 특별한 유물이다.

물
소
중
이

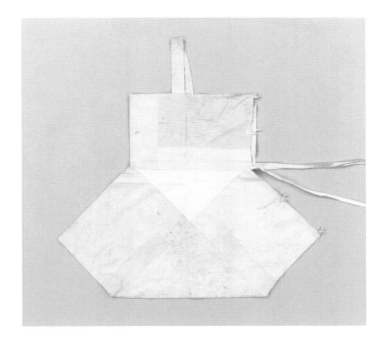

사실 낫은 고미술 박물관에서도 곧잘 볼 수 있다. 생활도구 유물을
이런저런 박물관에서 만나면 전통이나, 역사나, 사람이나 결국 다
이어져 있는 것이라는 생각이 든다.

낫

국립민속박물관의 유물

시디
플레이어

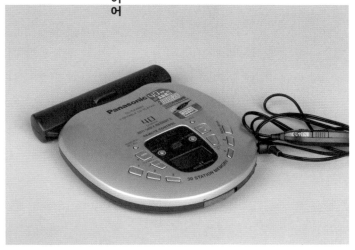

2000년대에 수집된 것이 벌써 박물관으로 들어왔다. 음악을
듣는 기기, 사진을 찍는 기기, 전화를 받는 기기 등이 따로 있었던
스마트폰 이전의 시대가 정말 '과거'가 되었다고 판정받은 것 같다.

박물관을 거대한 공연장이라고 생각해보자. 박물관이라는 무대 위에는 유물이라는 배우가 올라 열연을 펼친다. 유물은 한자리에서 때로는 여럿이 함께 하는 무언극을, 때로는 따로 떨어진 별도의 무대에서 일인극을 수행한다. 자태를 뽐내며 여기를 보라고 소리치다가, 자신에게 새겨진 인류의 역사를 깨우칠 것을 진중하게 요구하기도 한다.

하지만 유물은 스스로 무대에 오르지 못한다. 신인 유물을 발굴하고 배역을 주고 극본을 작성하고 무대를 가꾸고 조명을 설치하고 관람객에게 공개되는 극장을 운영하는 사람이 있어야 한다. 백스테이지를 바쁘게 오가는 그들은 고고학자, 학예사, 보존과학자, 전기기사, 청소원, 소방원, 회계사 등 박물관계 노동자다.

극장에 오르는 배우는 아무나 될 수 없다. 혹독하게 연습하고 훈련하기만 해서도 안 된다. 문제는 캐스팅이다. 땅속이나 무명씨의 창고에 잠들어 있는 어떤 물건은 출토 또는 수집을 통해 캐스팅된다. 눈썰미 좋은 고고학자의 도움 없이는 불가능하다. 캐스팅됐다고 해도 아직은 연습생 정도다. 대중에게 공개될 가능성을 높이려면 때 빼고 광내는 작업이 필요하다. 의사와 메이크업 아티스트를 겸하는 보존과학자의 세심한 손길을 거쳐야 한다.

　　　흙에서 온 유물은 흙을 털고 수분을 말려
보송보송하게 만든다. 유물 위로 쌓여 있던 흙의
압력이나 수분의 침투로 부서진 부분은 붙이고 잇는다.
음각으로 새겨진 글자에 흙이 들어갔다면 섬세하고
부드러운 붓질과 물로 흙을 씻어낸다. 물속에서 건져
올린 목재 유물은 뒤틀리지 않게 조심조심 말리고 공기와
접촉했을 때 상하지 않도록 특수한 처리를 더한다.
여기저기 깨져 형태를 알기 어려운 선사시대 토기는
어떻게 해야 할까? 퍼즐을 맞추는 고도의 집중력으로
한 조각 한 조각 신중하게 몸체를 수습한다. 필요하다면
석고나 점토로 끝내 찾지 못한 조각을 대신한다.

　　　이제 유물이 오디션장에 설 준비가 끝났다.
고고학자와 미술사학자는 날카로운 눈으로 유물이
박물관에 들어가 무대에 오를 만한 잠재력과 실력이
있는지 평가한다. 어떤 유물은 문신처럼 새겨진 글씨가
아름다워 배우가 될 재목으로 뽑히고, 어떤 유물은
특이하거나 고혹적인 외관 덕분에 뽑힌다. 또 다른
유물은 그것이 만들어졌던 시대의 유행을 충분히
반영하고 있어서 시대극 주인공으로 발탁된다.

　　　박물관에서 극작가이자 프로듀서를 맡고 있는
학예사는 이들 새로운 배우의 개성과 특징, 장점을
파악하고 한정된 무대에 빈자리가 있는지 살핀 후
기존의 극본과 연출을 수정한다. 이 단계에서 학예사가

새로운 유물이 들어갈 적당한 자리가 없다고 판단하면, 유물은 탈산화종이로 만든 포장재와 병충해를 막아주는 나무상자에 들어가 기약 없는 데뷔 날짜를 기다려야 한다. 당장 데뷔에 나서도 좋을 만큼 주목받은 슈퍼루키급 유물이라면 다른 유물을 제치고 앞줄에 서서 박물관 내 보존과학실로 입장해 한 번 더 꼼꼼하게 단장을 받는다.

미세한 흙 입자가 여전히 붙어 있지 않은지, 접합 부위가 부실하거나 육안으로 봤을 때 티가 많이 나지 않은지 보존과학자는 더욱 예리하게 살핀다. 서화의 경우 배경지를 갈아주고, 족자나 병풍의 경우 그 틀이 중간에 바뀐 것으로 판정되면 최대한 원래의 모습과 가깝게 되돌리는 대대적인 수리 과정을 거치기도 한다. 유물 관리가 끝나면 보존과학자는 전시 환경을 살펴야 한다. 공기의 질과 습도를 확인하고 조절하며 유물이 최대한 오랜 시간 극에서 맡은 바 역할을 다하도록 빈 극장 안을 부지런히 오간다.

학예사도 보존과학자와 호흡을 맞추며 적당한 자리와 배치를 끊임없이 고민한다. 유물의 내력을 정확하게 파악하고, 그에 맞는 대사(안내문)를 쓴다. 여러 번 사실을 확인하고, 유물의 특징과 개성이 무엇인지를 다른 유물들, 그리고 박물관이 추구하는 톤과 매너에 맞춰서 작성한다. 학예사는 이 극본에서 자신이 드러나지 않도록 절제한다. 최근 해외 박물관에서는 학예사나 박물관이 속한 사회의 목소리를 유물을 통해 전달하는 무대를 준비해 올리기도 하지만, 아직까지 한국 박물관에서는 그런 예가 없다.

동시대성보다는 역사성을 부각하며 우리와 유물, 우리와 박물관 사이에 거리를 두는 방식을 채택하고 있다.

무대와 극본이 마련되면 유물은 무대에서 관람객을 기다린다. 이 시점에 중요한 스태프는 시설관리 전문가이다. 유물 뒤에 있는 사람을 이야기할 때 자주 간과되는 시설관리 전문가들은 전기 배선과 조명을 관리하고, 수도가 터지지 않도록 살피며, 깨진 타일을 보수하고, 망가진 의자를 고치고, 화장실을 깨끗하게 유지하며, 외부 정원의 식물들을 보살피고, 바닥에 쓰레기가 방치되지 않도록 청소한다. 유물 전시 케이스가 외부 힘에 의해 손상될 경우 경보를 울리는 센서, 감시 카메라, 소지품 점검 기계 등 보안 시설에 대한 꾸준한 관리도 그들의 몫이다.

학예사의 유려한 글 솜씨와 역할 배분 능력도, 유물의 장수를 실현시키는 보존과학자의 신묘한 기술도 극장 그 자체가 빚어내는 환상의 세계를 만들기는 어렵다. 그것은 보이지 않는 시설관리 노동자들이 만든 것이다. 이들이 있기에 박물관은 오늘도 무탈하게 막을 올린다.

석탑에서
태어난
막내

국립익산박물관

1997 —— 미륵사지유물전시관(도립) 개관
1998
1999
2000
2001
2002
2003
2004
2005
2006
2007
2008
2009
2010
2011
2012
2013
2014
2015 —— 미륵사지유물전시관, 국립으로 전환
2016
2017
2018
2019
2020 —— 국립익산박물관 개관
2021
2022
2023
2024
2025
2026
2027
2028
2029
2030
.
.
.

도시에 살다 보면 팔과 다리를 마음껏 휘저으며 걷는 게 얼마나 자유롭고 산뜻한지 잊어버린다. 전동 보드, 자전거, 사람들에게 부딪히지 않으려 어깨를 접고 살다가 충청남도나 전라북도에 펼쳐진 너른 평야에 서면 갑자기 몸 둘 바를 모르고 사지를 어설프게 휘적거린다.

익산박물관은 팔다리를 쭉쭉 뻗으며 제멋대로 걸을 수 있는 익산 백제역사유적지구에 있다. 좀 더 익숙한 명칭으로 말하자면 2015년 유네스코 세계유산에 등재된 미륵사지에 있다.

이제는 맑은 기운과 땅만 남은 미륵사는 백제 무왕(600~641 재위) 시절에 지어져 임진왜란 전후에 폐한 것으로 전해지며, 3금당(金堂) 3탑 가람배치의 흔적이 남아 있다. '금당'이란 말 그대로 금빛(金) 불상을 모신 건물(堂)이며, 명승지 안내판에서 한번쯤 보았을 '가람배치'는 금당과 탑의 구성과 배치를

국립익산박물관

뜻한다. '가람'(伽藍)은 산스크리트어로 '사찰'을
의미하는 상가람마(Sangharama)를 한자로 음역한
승가람마(僧伽藍摩)에서 연유한다. 그렇다면 '사찰
배치'라고 번역하면 좋을 텐데, 불교의 관례를 존중하는
차원에서인지 여전히 '가람'이라는 말이 통용되고 있다.

가람배치는 그 시대의 사찰 유행을 알려주는
단서다. 아파트가 복도식/계단식, 판상형/타워형, 혼합형
등으로 유행에 따라 변화해온 것이나, 아파트 단지 안의
편의시설이 시대의 필요나 감각에 따라 거대한 별동 상가
형태였다가 1층에 상가를 배치한 주상복합이었다가
모습을 바꾸어온 것과 같은 이치다.

고구려에서는 3금당 1탑 배치가 인기였다.
인기가 어찌나 대단했는지 신라 선덕여왕 시대에
지어졌다고 알려진 경주 황룡사에서도 그 모습을 엿볼 수
있다. 석가탑과 다보탑이 버티고 있는 불국사가 보여주듯
신라의 대표적 가람배치는 쌍탑 배치다. 한마디로,
미륵사의 3금당 3탑 배치는 어디에서도 찾아보기 힘든
특이한 사례인 것이다.

그 연유에 대한 여러 설화가 있는데, 무왕과
왕비와 미륵 삼존불이 얽힌 이야기가 가장 널리 알려져
있다. 어느 날, 무왕 부부가 길을 가는데 연못에서
미륵삼존불이(미륵 역시 산스크리트어 maitreya를
음역한 것이다) 둥실 떠올랐단다. 부처와 부처를
보좌하는 보살, 나한의 세트인 삼존(三尊)이 눈앞에

나타난 것이다. 왕비가 이 인연을 귀히 여겨 못을 메우고
미륵삼존불을 연상시키는 3금당 3탑 가람배치의 사찰을
짓게 했다는 설이다. 여기에서 왕비가 누구인지는
설왕설래가 있었다.『삼국유사』는 무왕과 신라 진평왕의
딸 선화공주가 부부였다고 말하지만, 2009년 미륵사지
서탑에서 발굴된 금제사리봉안기(사리를 봉해 안치하면서
쓴 기록)에는 백제 왕후가 사택적덕의 영애 사택씨라고
적혀 있다. 그럼 선화공주와 결혼하며 백제 왕위에 오른
서동(후일 무왕)을 노래한「서동요」는 근거 없는 허구일까?
전설과 역사는 깍지 낀 손처럼 야릇하게 붙어 있어서
사택씨의 기록에도 불구하고 선화공주가 앞으로도 한동안
무왕의 왕비로 구전될지 모른다. 그러나 익산박물관으로
당당히 입장한 사택씨의 존재가 이전처럼 삭제되는 일은
없을 것이다.
         3금당 3탑 가람배치에 관한 다른 가설도 있다.
부처가 열반한 지 56억 년 뒤에 미륵이 세상에 내려와
설법을 3회 하면 272억 명의 중생이 교화될 수 있다는
불법(佛法)을 담고 있단 것이다. 여담이지만, 가늠하기조차
어려운 먼 미래의 부처 미륵은 데우스 엑스 마키나가 필요한
혼란의 시기에 유행하는 경향이 있다. 난세에 강림하거나
현신하는 부처라는 믿음이 있어 한반도에 불교가 유입된
삼국시대 이래로 자칭 미륵불로 본인을 소개하거나 우연의
일치로 믿음을 얻어 신도를 몰고 다니는 교주가 적지
않았다. 나무에서 쌀이 열리게 하겠다는 둥 엉뚱하지만

혹하는 말을 늘어놓으니 언제나 주의하자.

　　　　미륵사지 3탑 중 하나인 서탑(국보)은
2000년부터 2019년까지 무려 20년간 수리하고
복원했지만, 일부 부재가 사라져 비대칭으로 남았다. 그에
비해 매끈한 완성형으로 서 있는 동탑은 1991년부터
1993년까지 본래의 모습을 추정해 재현한 것이다.
둘 사이에 목탑이 있다가 소실된 것으로 추정된다.
　　　　윗부분이 숭덩 잘려 나간 서탑보다 탑신과
지붕의 모양이 완벽한 동탑이 더 훌륭한 복원 사례 같지만
그렇지 않다. 오히려 '최악의 복원 사례'로 거론된다.
미륵사지가 발견되었을 당시 동탑은 겨우 탑의 자리만
남아 있어 본체를 추정할 단서가 부족했다. 더군다가
동탑을 복원한 90년대 초만 해도 여전히 국가 성장과
도시 발전이 제일의 목표였고 문화재 복원과 조사에 대한
사회적 관심과 관용이 적었던 시기다. 그러다 보니 어느
정도 형태를 갖추고 서 있었던 서탑을 근거로 동탑의
복원도를 작성하고 빨리 마무리하는 쪽으로 복원 방향이
잡혔을 것이다. 익산에서 채석된, 서탑에 쓰인 화강암과
같은 석재를 쓰는 노력을 기울였다지만 동탑에 대한
연구가 부족했던 것은 사실이다.
　　　　서탑이 수리된 것은 21세기가 처음이
아니다. 기록에 따르면, 일제강점기를 비롯해 여러
차례 수리되었다. 가장 오랜 기록인 『삼국사기』에는

신라 성덕왕 18년(719년)에 "금마군 미륵사에
벼락이 떨어졌다"(震金馬郡彌勒寺)고 쓰여 있으며,
『조선불교총보』제1호(1917)에 실린 혜거국사(고려
광종 시대에 활동한 승려)의 비문에는 "922년 여름에
특별히 미륵사 탑을 여는 은혜를 입어 선운사의
선불장에 나아가 법단에 올라 설법을 하니 하늘에서
꽃이 흩날렸다"(龍德二年夏 特被彌勒寺開塔之恩
仍赴禪雲山選佛之場 登壇設法時 天花繽紛)라고 새겨져
있다. 시간이 한참 흘러 조선시대 영조 후기 실학자
강후진(1685~1756)이 쓴 『와유록』(臥遊錄)에는
탑이 붕괴된 것으로 묘사된다. "밭둑 사이에 7층 석탑이
있는데 나이 많은 촌로가 탑에 올라가 비스듬히 누워
곰방대를 물고 있더라. 탑은 100년 전 벼락으로 절반이
허물어졌고…." 다시 한 세기가 넘게 흐른 1926년의
한 일간지는 "신라 성덕왕 19년 9월에 낙뢰로 인하야
차탑[此塔, '이 탑'이라는 뜻]이 반이나 붕퇴했던바, 대정
3년에 총독부에서 다시 보수했다"라면서 조선총독부가
1914년 서탑을 수리했음을 알리고 있다.
        탑을 열었다 닫았다 한 데다 무너졌었다는
기록까지 있으니, 2000년에 미륵사지 서탑을 해체했을 때
다들 사리나 보물이 출토되리란 큰 기대가 없었다고 한다.
그러나 서탑에서는 보물이 쏟아져 나왔다. 문화재가 신문
1면에 나는 일은 흔치 않다. 흉사로는 2008년 숭례문
방화사건이 있고, 몇 안 되는 경사 가운데 하나가 익산

국립익산박물관

미륵사지 석탑 해체 중 발견된 사리장엄구 소식이다(다른 유명한 소식으로는 부여 능산리 주차장 공사 중 발견된 백제금동대향로 발굴이 있다). 워낙 드문 일이라 이들 문화재와 관련한 업무를 맡았던 사람들은 당시 정황을 영웅의 모험담처럼 읊어준다. 그들은 언제고 누구에게나 안광을 반짝이며 그날의 풍경을 말해줄 준비가 되어 있다. 익산 미륵사지 석탑 수리·보존 현장 이야기도 그렇게 내 귀에 들려왔다.

바야흐로 2009년, 서탑을 복원하기 위해 부재를 하나씩 해체하던 어느 날이었다. 위에서부터 조심조심 석재를 분리하고, 일제강점기에 붕괴를 막겠다고 부은 콘크리트를 손톱 깎듯 조금씩 떼어낸 끝에 드디어 탑 하층부에 다다랐다. 탑의 기둥 역할을 하는 심주석에 중심점을 잡은 자국이 있었다. 그것은 방금 먹선을 튕긴 양 선명했다. 중심점 주위로 작은 정사각형 틈이 보였다. 심주석을 파내고 무언가를 넣은 뒤 작은 정사각형의 뚜껑돌을 덮었다는 뜻이었다. 뚜껑의 틈이 벌어지지 않게 붙인 석회는 밀봉을 보증하듯 단단하게 붙어 있었다. 해체를 진행하던 전문가들은 이것이 한 번도 열린 적 없었다는 것을 확신했다고 한다. 급히 기자들에게 연락한 후 개봉 순간을 기록하기 위해 하룻밤을 기다렸다. 다음 날, 해체 작업자, 역사학자, 기자 등이 북적거리는 가운데 뚜껑이 열렸다. 안에는 국보급 백제 유물이 가득했다. 사리를 담은 작은 병인 사리호, 사리를 모시며

금판에 글을 새긴 금제사리봉영기, 귀한 유리와 옥으로 만든 구슬 등의 보물이었다. 사리봉영기를 해석한 결과, 석탑은 사리를 안치한 639년에 세워졌으며 미륵사는 백제 무왕 시기에 창건되었다는 것이 입증되었다.

미륵사지를 발굴·조사하며 나온 유물들을 1997년 미륵사지유물전시관을 건립해 전시하다가, 2009년 다량의 사리장엄구(보물)가 발견되자 국립익산박물관을 짓기로 결정했고 10여 년 뒤 개관했다. 국립박물관 가운데 나이가 가장 어린 익산박물관은 국립진주박물관처럼 역사적 장소 안에 있고, 그 땅이 문화재인 까닭에 주변을 가리지 않도록 박물관 지붕을 미륵사지의 땅 높이에 맞춘다는 느낌으로 터를 깊이 파고 들어앉아 있다. 그래서 지상의 현관을 찾아 두리번거리면 박물관 입구가 쉬이 보이지 않는다.

박물관이라면 하나씩 있는 커다란 대문도 없고 소박한 입간판만 있을 뿐이다. 짙은 고동색 배경에 단정한 고딕체로 박물관 이름이 한글과 영문으로 적혀 있고, 그 위에 복원한 서탑을 본뜬 로고가 그려져 있다. 나는 이 로고를 보고 박물관계의 신세대 익산박물관의 대찬 줏대와 저항 본능을 느끼며 웃음을 참을 수 없었다.

먼저, 박물관 로고가 태극 마크가 아니었다. 2016년 박근혜 정부는 모든 국립 기관 로고를 태극 마크로 통일하고 동일 폰트로 기관명을 표기하도록 했다. 정권이 바뀔 때마다 정부 부처와 기관이 로고를 변경해 낭비되는

국립익산박물관

예산을 막겠다는 의도였는데, 솔직히 박물관들은 로고를 거의 바꾸지 않고 지내다가 이때 일괄 변경한 꼴이 되었다.

　　　본래 국립중앙박물관과 국립진주박물관의 로고는 박물관 건물을 형상화한 로고를 사용했다. 국립고궁박물관은 조선시대 왕권과 의례의 상징인 면류관을, 국립경주박물관은 천마총 금관의 이미지를 내세웠다. 대표 유물을 활용해 박물관의 성격을 보여주었던 것이다. 그런데 이 다채롭고 특유했던 로고들이 일시에 같은 모양으로 바뀌어버렸다. 박물관을 좋아하는 사람도, 박물관에 별 관심이 없던 사람도 입을 모아 불만을 표할 정도로 안타까운 일이었다. 박물관계 내부에서도 획일화된 로고 변경에 불만이 있었는지 이전의 로고를 종종 병용했다. 그리고 2021년을 기점으로 태극 마크를 떼어낸 곳들이 슬그머니 늘어났다.

　　　다시 익산박물관으로 돌아가 보자. 이미 모든 박물관이 울며 겨자 먹기 심정으로(내 짐작일 뿐이다) 태극 로고를 사용할 때 익산박물관은 서탑을 모티브로 한 로고를 선보였다. 이렇게 떡하니 박물관 고유의 특징을 드러내는 로고를 대놓고 사용하거나 새로 발표하는 곳은 2016년 이래로 찾아볼 수 없었다. 익산박물관의 호기로움에 나는 흠칫했다. 어떤 시끄러운 잡음도 일으키지 않았지만, 국립박물관이 익산박물관 개관에 맞추어 1인 시위 피켓을 든 것처럼 보였기 때문이다.

우리나라 박물관은 정치적인 목소리를 내지
않는다. 해외의 경우 LGBT, 난민, 인권, 인종 등을 주제로
박물관의 가치 지향을 전시를 통해 밝히고 정체성을 만들어
나가는 사례가 많은 데에 비해, 한국의 박물관은 아직까지
정치적인 이슈에 초연한 자세를 취한다. 찬동이든 반동이든
정부 정책과 사회 문제가 박물관이 큰 내색을 하지 않다
보니, 색다른 로고 하나에도 수선을 떨게 된다.

　　　백제 성왕(523~554 재위) 시대 역사를
증언해주는 미륵사지를 주인공으로 삼은 익산박물관의
상설전시실은 좀 어두운 편이다. 낮은 조도에 눈이 적응하는
데에 몇 초쯤이 필요하다. 코로나19 팬데믹으로 방문객이
사실상 0명이었을 때 많은 박물관이 전시실을 수리하고
개편했는데, 박물관마다 정도의 차이는 있지만 공통적으로
조명이 어두워졌다. 상대적으로 전시 케이스 속 조명이
밝게 느껴져 유물에 집중할 수 있는 환경이 됐다는 것은 큰
장점이지만, 무릎 아래 높이로 만든 전시 좌대나 안내판이
잘 보이지 않는 것은 단점이다. 저시력자나 어린이,
노인에게는 불편한 환경이기도 하다.
　　　마음 한편에 이런 걱정과 고민을 품고 전시장을
돌아다니다 유물 설명문 앞에서 빙긋 웃고 말았다.
　　　그간 문화재를 다루는 사람들은 일상에서 거의
사용하지 않는 말을 제2 외국어처럼 사용해왔다. 설명문을
읽고 또 읽어도 무슨 뜻인지 몰라 고개를 갸웃거리다가

국립익산박물관

이내 내가 박물관을 소화하기엔 배경지식이 부족한 사람이라는 낙담에 빠지는 사람이 한둘이 아니다. 2010년대에 들어 평이한 표현을 쓰는 설명문이 점차 늘어나던 차였는데, 2020년생 익산박물관의 노력은 특별히 언급될 만하다.

익산박물관의 설명문을 읽고 있으면 익산 그리고 미륵사지 유물과 면을 튼 적 없는 사람들에게 부담스럽지 않게 다가가는 해설사를 만난 것 같다. 예를 들어, 부여 장하리 삼층석탑 출토 사리장엄에 대한 설명문을 보자.

> 1962년 충청남도 부여 장하리 삼층석탑 안에서 발견된 사리장엄입니다. 금동과 은으로 만든 이중 사리병 안에 작은 진주 43알이 들어 있었습니다. 본래 탑 속에 안치하는 불사리는 석가모니 부처의 유골이어야 하지만, 인골과 구별하기 어려운 유기물을 안치하거나 귀한 보석, 진주 등으로 대체하는 경우도 많았습니다. 사리는 그 진위 여부와는 상관없이 부처를 대신할 수 있는 성물(聖物)이기 때문입니다. 1931년에 같은 탑의 기단부에서 나무로 만든 소탑과 상아로 만든 불상이 발견되었습니다. 이처럼 부처 그 자체인 사리와 부처를 형상화한 불상을 함께 안치하는 전통은 이미 삼국시대부터 존재하였고, 이는 대부분 공양품의 일부로

해석됩니다.

이 문장을 기존 박물관식 어투로 번역하면 아마
다음과 같을 것이다.

1962년 충청남도 부여 장하리 삼층석탑에서
발견된 사리장엄. 금동과 은으로 주조한 사리병 내
진신사리 대신 진주 43알을 안치하였다. 1931년
동탑 기단부에서 목재로 만든 소탑과 상아로 만든
불상이 동시 발견되었으며 이런 사리장엄 유형은
삼국시대부터 유행한 것이다.

조곤조곤한 경어체뿐 아니라 유물에 대한
정보를 어떻게 해석할 수 있는지, 그 맥락이 무엇인지
전달하려고 한 문장에서 익산박물관의 친절함이 엿보인다.
유물의 세부에 돋보기를 가져가지 않으면 모르고 넘어갈
것도 익산박물관은 콕 집어준다. "사슴 장식이 달린
사리병에 새겨진 새를 발견하셨나요?" 하는 식으로 말이다.
누군가는 이런 어투가 방문객의 수준을 낮잡아
보는 것이라고 말할지도 모르겠다. 하지만 박물관을
찾는 모두가 동일한 수준의 배경지식과 이해도를 가지고
있지 않으며, 관람객의 연령대 또한 일정하지 않으므로
어린아이부터 노인까지, 비전공자부터 전공자까지 고르게
이해할 수 있는 언어를 쓰는 것은 공공 박물관의 의무라고

국립익산박물관

생각한다.

　　　이렇듯 익산박물관은 단순히 방문객들이 박물관을 통과하는 것이 아니라 박물관에서 전시하고 소장하는 유물을 한 번이라도 더 눈여겨보고 매력을 발견하고 지식을 얻길 바라는 마음을 내뿜고 있다. 그래서 나도 모르게 유리 장신구 알 하나하나에 눈길이 가고, 한 번 더 불상의 얼굴과 미소를 들여다보게 된다.

기해년 639년에 사리를 봉안하며 왕실의 안녕을 기원한다는 내용이 쓰여 있다.

무언가 새긴다는 것에 대해 가끔 생각한다. 썩지 않는 도자기, 비석, 금속판 위에 새겨진 그림과 글은 오래오래 살아남는다. 1600년 전인 고구려시대 광개토대왕의 업적을 전하는 것은 돌에 새긴 광개토대왕비다. 요즘엔 무언가에 새기는 글이 없다. 종이책은 물과 불에 취약하고, 데이터 저장 장치는 계속 형태와 기술이 변해 조금만 신경 쓰지 않으면 과거 데이터를 불러올 수 없게 된다. 클라우드 스토리지는 유료라는 문턱이 있다. 새김이 없는 지금의 시대는 후대에 어떻게 증명될까. 어떤 형태로 박물관에 전시될 수 있을까. 염려와 호기심이 교차한다.

보물 금제 사리 봉영기

국립익산박물관의 유물

금제 사리호, 유리제 구슬, 청동제

뒤꽂이, 장식편 은제 손톱

미륵사지 석탑에서 발굴된 사리함과 부장되어 있던 것들이다.
이 유물들은 어디에서 왔을까? 은제 손톱과 뒤꽂이는 주로
귀족들이 몸치장을 위해 사용하던 공예품인데, 그들이 짝이 맞지
않은 장신구를 하고 다녔을 가능성은 적다. 짐작건대 탑에 묻을
합을 닫기 전, 그날 모인 백제인들이 소원을 빌며 몸에 걸치고
있던 것을 하나씩 담은 것일 테다. 귀한 물건에 불어넣은 소원은
무엇이었으려나.

청동제 보살손

성인 여성의 손과 크기가 비슷하다. 가볍게 약지에 힘이 들어간
우아한 모양은 언제 보아도 감탄을 자아낸다.

국립익산박물관의 유물

고운 흙으로 화면을 만든 다음, 흰 회칠을 하고 말려 그 위에 안료로
그림을 그렸던 벽화의 일부이다. 건물이 사라져 그림의 전체를
파악할 수는 없다. 하지만 작은 조각에 남은 화려함만으로도 완성된
그림이 얼마나 웅장했을지 상상할 수 있다. 밝은 부분에 보이는
덩굴 식물 무늬를 당초문이라고 한다. 당초문은 고대 이집트와
그리스, 유럽, 인도, 중국 등 전 대륙에 걸쳐 인류의 역사를 타고
오른 태초의 문양이다.

인동당초문 벽화편

113

악귀의 침입을 막기 위해 사용했던 수막새. 원고가 좀체 안 써지는 날, 모니터 앞에 앉은 내 얼굴 표정과 비슷하다. 나는 스스로 내 방을 정화하고 구마했던 걸까. 내 우거지상을 보면 귀신도 상종 못 할 종자라고 생각해서 알은 체하지 않을 것 같다.

얼굴무늬 수막새

국립익산박물관의 유물

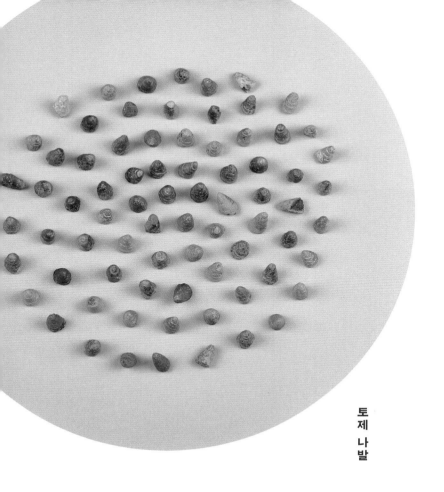

토
제
나
발

소라나 고둥을 닮은 부처의 머리카락을 소라 '나'(螺)에 머리
'발'(髮)을 써 '나발'이라고 한다. 소라를 한가득 머리에 붙인 부처를
상상해본다. 여름과 트로피칼 분위기를 좋아하고 레게나 시티팝에
맞춰 살랑살랑 몸을 흔드는 모습이 떠오른다. 나발 한 주먹을
바라보며 덧없는 상상을 하고 있자니 고집스럽게 붙잡고 있던
잡념이 사라진다. 부처의 은덕이다.

보물 금동향로

미륵사지에서 발굴되었다. 육쪽마늘 같기도 고양이 발 같기도 한
발은 귀여운 데 비해, 사자와 다리 사이의 고리 짐승 장식은 거칠고
강렬하다.

한반도에서는 볼 수 없었던 사자는 불교와 함께 알려졌다. 불교에서
사자는 부처와 보살을 보좌하는 성스러운 동물로 자주 등장한다.

흙을 빚은 후 조각해 만든 부조의 일부다. 너비 4.7센티미터,
길이 5.3센티미터의 판판한 면에 탑 3기가 있고, 그 사이사이에
영락(구슬)과 칠보를 꿴 기다란 보물이 꽃비처럼 내린다. 아무리 작은
공간에라도 극락세계를 새기려던 가상한 손길이 느껴진다.

**토
제
부
조
탑**

국립익산박물관의 유물

풍탁이라는 이름이 생소할 수 있는데, 친숙한 말로 바꾸면
풍경이다. 건물 처마나 탑 지붕 끝에 달아두면 바람에 흔들려
청아한 소리를 낸다. 동아시아 삼국(한중일)의 풍탁 모양이 각각
다른데, 한국의 것은 몸체가 완만한 곡선을 그리며 살짝 부풀어
오른 것이 특징이다. 이 풍탁은 통일신라시대의 유물이다.

금동제 풍탁

국립제주박물관 —

제주다운
서사로
가득한

2001 —— 개관
2002
2003
2004
2005
2006
2007
2008
2009
2010
2011
2012
2013
2014
2015
2016
2017
2018
2019
2020
2021
2022
2023
2024
2025
2026
2027
2028
2029
2030
.
.
.

국립제주박물관은 입구부터 제주답다. 훌쩍 키를 키운 우람한 워싱턴야자가 바닷바람에 커다란 잎을 흔들며 관람객을 맞이한다. 진입로와 주차장 바닥은 현무암이다. 까만 돌, 사시사철 푸른 야자수, 기운 센 바람까지, '드디어 제주박물관에 왔구나!' 싶다.

국내 속 해외, 제주도는 늘 관광객으로 붐빈다. 1년 평균 1200만 명 이상의 관광객이 제주도를 찾으니 제주박물관도 발 디딜 틈이 없을 것 같지만 그렇지 않다. 예전에 엄마와 단둘이 제주 여행을 왔을 때 나는 다급하게 박물관부터 가자고 보챘다. "너랑 온 게 아니면 누가 제주까지 와서 굳이 박물관으로 들어가겠니"라는 엄마의 농 섞인 말을 듣고 보니 그 마음도 이해가 갔다. 밖에는 바다가 넘실거리고 멋진 오름이 즐비하고, 온후한 공기를 증명하는 식물들이 산책을 부추긴다. 그것들을 떨치고 박물관 실내로 들어가는 것이 아깝게 느껴질 만도 했다. 하지만 제주박물관은 화산섬의 풍광만큼이나 제주다움으로

국립제주박물관

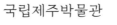

넘친다. 박물관의 가장 지루한 코스로 여겨지는 선사시대 전시실의 석기 유물조차 육지와는 다른 화산암이 재료이고, 오랜 섬 문화를 간직한 고대 투망에는 조개껍질이 주렁주렁 달려 있다.

특별전시의 주제는 제주이기에 할 수 있는 이야기로 채워진다. 제주 사람들이 온몸으로 맞았을 날씨 이야기 「태풍 고백」(2020)과 조선시대 가장 멀고 험한 유배지의 기록 「제주 유배인 이야기」(2019)가 특히 그랬다.

제주박물관은 조선시대 유배지로서의 역사와 관련된 이야기를 전시에 적극 채용한다. '통계로 보는 제주'라는 밋밋한 제목의 인포그래픽은 유배를 떠난 이름 있는 인물, 그들의 유배지, 전국에 퍼져 있던 유배 '명소'를 맛깔나게 보여준다. 전라도(제주도 포함)에는 유배지도 유배 온 사람도 많았는데, 그중 제일이 제주도였다. 유배형을 받고 제주로 떠밀려 온 인물 가운데 12퍼센트가 왕족이나 외척이었고, 문·무반이 66퍼센트를 차지했다. 상설전시실에는 유배 온 인물들의 초상화나 그들이 남긴 기록, 서화가 전시돼 있다. 조선시대를 읽는 축 하나가 '유배'라니, 제주박물관만 할 수 있는 이야기이다.

조선시대에는 단계에 따라 다섯 가지 형벌이 있었다. 가장 엄중한 것이 사형이었고, 그 아래로 유형,

도형, 장형, 태형이 있었다. 유형은 지금으로 따지면 사형 다음 종신형에 해당하는 무거운 형벌이었다.

유배형에도 등급이 있었다. 죄인의 거주지를 기준으로 유배지 거리를 죄에 따라 2000리(785킬로미터), 2500리(982킬로미터), 3000리(1178킬로미터)로 정했는데, 아무리 "무궁화 삼천리 화려강산" 한반도라도 죄인의 거주지에서 3000리나 떨어진 곳에 귀양지를 두는 것은 무리였다. 그래서 멀리 보내는 대신 마일리지를 채울 수 있게 길을 빙빙 돌아서 가기도 했다. 현대에도 양형 기준이 바뀌듯 조선시대에도 유배형의 기준이나 규정이 여러 번 바뀌었고, 또 계급에 따라 유동적으로 적용되기도 했다. 예컨대, 왕족은 죄가 무거워도 주로 수도권, 특히 강화도에 유배를 보냈고, 강력범 등은 한양에서 먼 남도의 섬으로 보냈다.

사극에서 죄를 지은 일반 백성은 주로 곤장을 맞고 양반은 유배형을 받는 것으로 묘사되곤 하는데, 실제로는 양반이 아니더라도 귀양을 보냈다. 그런데 드라마나 재현물 속에서 유배지로 향하는 죄인의 처지가 그리 형편없어 보이지 않는다. 죄인은 말이나 소가 이끄는 가마형 감옥에 앉아 있고, 앞뒤로 군졸이 마치 호위하는 듯한 대형으로 이동하는 장면을 많이 보았을 것이다. 이런 호송 방식은 사형 집행대로 곧장 가는 죄인에게 해당하는 것이었다. 유배형을 언도받은 경우에 신분 높은 양반이나 왕족은 나귀를 탔고, 신분이 낮은 이는 걸어서 이동했다. 호송을

맡은 군인은 경유지에서 중간 중간 바뀌었다. 죄인은
밤이고 낮이고, 날씨에도 상관없이 걸어야 했고, 도적이나
호랑이라도 만나면 알아서 목숨을 부지해야 했다.
이동 중에 먹는 것, 신발 등 경비(호송관의 몫까지)도
모두 죄인이 부담했다.

　　　　어지간한 유력자가 아니면 죄인 대부분이
이동 중에 가산을 탕진하고 건강을 잃고 운이 나쁘면
사망했다. 그래도 나귀를 탈 정도로 경제력과 지위가
있는 양반 죄인의 사정은 조금 달랐다. 유배지로 향하는
길목에 있는 고을에 들러 그곳 유지들의 대접을 받기도
하고, 정계 고위급 인사였다면 고을 수령이 직접 인사를
오기도 했다. 당장이야 죄인이지만 후일 다시 왕실의
부름을 받아 한양에 입성할 때를 내다본 처세였다.

　　　　여기까지는 육로로 이동하는 중의 일이다.
섬으로 유배지가 정해진 죄인을 호송하려면 날씨 운이
중요했다. 『조선왕조실록』에는 제주나 흑산도, 추자도로
향하던 배가 풍랑을 만나 유배인과 호송관들이 표류해
행적을 찾기 어렵다는 기록이 남아 있다. 죽지 않고
유배지에 도착한 이들은 무사히 당도했다는 내용의
편지를 가족에게 보내곤 했다. 추사 김정희도 그들 중
한 명이었다.

　　　　김정희(1786~1856)는 한 사건에 연루되어
1840년부터 1848년 12월까지 약 9년 동안 제주에서
유배 생활을 했다.

추사의 귀양길은 만만치 않았다. 한양에서 출발해 과천과 수원, 평택을 거쳐 천안, 공주를 지나 전주, 정읍, 나주를 경유했다. 나주에서 방향을 틀어 해남 관두포에서 배를 탔는데, 날씨가 좋지 않았는지 제주도로 바로 가지 못하고 진도에 잠시 내려 머물다가 다시 뱃길에 오르고도 사나운 바람과 거센 파도 때문에 꽤 고생한 후에야 도착할 수 있었다. 명문가 집안에 번듯한 관직까지 지낸데다, 글씨와 그림에 조예가 깊어 들른 지역마다 김정희를 만나려는 사람이 많았다고 한다. 와중에 김정희는 몇몇 곳에 글씨를 남겼는데, 현존하는 해남 대흥사 현판이 유명하다. 귀양길에 대흥사에 들르게 된 김정희는 대웅전의 현판 글씨가 마음에 들지 않았는지 본인이 다시 써주겠다고 했다. 원래 현판의 글씨를 썼던 이는 이광사(1705~1777)라는 인물로, 집안이며 학파까지 김정희와 결이 맞지 않았다. 몇 해 뒤 귀양살이를 마치고 한양으로 올라가던 중 김정희는 대흥사에 또 들르게 되었는데, 대웅전 현판으로 이광사의 것을 다시 걸라고 하고는 본인은 무량수각 현판을 새로 써주겠다고 했다는 이야기가 전해진다. 대흥사 템플스테이를 갔을 때 이 이야기를 해주셨던 스님은 "그래서 대흥사에는 김정희가 직접 쓴 현판이 두 개나 된다"며 어깨를 으쓱했다. 김정희의 모난 성격을 전하는 야사가 꽤 많은데, 대흥사 대웅전 현판 일화도 그의 돌발적이고 센 기질을 잘 보여준다. 하지만 귀양 이후 자신이 쓴 현판을 내리게 한 에피소드는 좀 더 유연하고 너그러워진 예술관을 보여주는 사례로 회자된다.

조금 덜 유명하지만 전주와 완주를 기반으로 활동한 서예가 이삼만(1770~1845)의 묘비에도 김정희의 글씨가 새겨졌다. 이삼만과 얽힌 이야기 역시 대흥사 때와 비슷하다. 이삼만의 글씨를 썩 좋게 보지 않고 악평을 했던 김정희가 귀양을 마치고 돌아가는 길에 이를 사과하기 위해 이삼만의 집에 들렀더니 이미 그가 죽고 없어 대신 묘비에 글씨를 남겼다는 이야기다.

집으로 돌아오기 위해 길 위에 돌멩이를 뿌렸던 헨젤과 그레텔 마냥 귀양길에 악담을 흘려두었다가 돌아오며 거둬들인 듯한 김정희의 행적이 조금 우습다. 그 덕에 탁월한 글씨를 몇 점 더 남겼으니 그의 고약한 성미가 예술사에 기여했다고 봐야 할까. 당대에 파급력이 상당했던 인물이고, 워낙 서신 등 글을 많이 써서 제주와 관련된 기록을 다수 남겼기에 제주박물관에서는 추사 김정희의 '귀양다리' 시절 이야기를 유난히 많이 볼 수 있다.

제주에 귀양 오는 사람만큼이나 의도치 않게 태풍의 팔에 휘감겨 오는 이들도 적잖았다. 1653년 표착한 하멜이 대표적이다. 그가 쓴 『하멜 표류기』에는 태풍을 만났던 때의 일기가 적혀 있다. "몹시 강한 바람 탓에 갑판에서는 서로의 말소리가 들리지 않아 누가 무얼 말해도 알아들을 수 없었으며, 또 작은 돛도 올릴 수 없었습니다.”

　　　　네덜란드에서 상선에 올라 일본으로 가던 중
태풍을 만나 겨우 목숨을 부지한 그는 생존한 동료들과
함께 10년 넘게 조선에서 농사를 돕는 등 노역을 했다.
전라남도 강진에는 돌을 비스듬히 눕혀 쌓아 올린
돌담(얼핏 헤링본 스타일처럼 보인다)이 남아 있는데, 당시
조선에서는 찾아보기 힘든 축조 방식이라 하멜 일행의
손길이 닿았을 것으로 추정한다. 바람은 사람과 함께 서역의
문화, 언어, 기술을 함께 실어 왔다.

　　　　하멜과 같은 네덜란드인 얀 야너스 벡테브레이는
그보다 25년 전에 풍랑에 떠밀려 제주에 도착했다.
조선인으로 귀화까지 한 박연이다. 무기에 해박해 총포
제작에 관여하는 등 인재로 대접받던 그는 하멜 일행이
제주도에 표착했다는 소식이 한양에 닿자 통역 임무를
띠고 제주로 파견되었다. 네덜란드에서 살았던 시간과 거의
비슷한 세월을 조선에서 살며 모국 사람을 본 적 없었던
박연은 그날 옷깃이 젖도록 울었다고 한다.

　　　　반대 사건도 많았다. 제주의 바람에 밀려 표류해
중국이나 일본의 오키나와, 베트남 등지로 흘러간 조선인이
꽤 있었다고 한다. 1487년 1월, 부친상 소식을 듣고
제주에서 출발한 최부는 거센 바람을 만나 29일간 표류하다
중국 저장성에 올랐다가 7월에야 귀국했는데, 이 사건을
『금남선생 표해록』으로 남겼다. 1818년 전라도 나주로
가는 뱃길에 올랐다가 표류한 최두찬도 『승사록』이라는

국립제주박물관

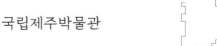

표류기를 썼다. 표류기는 재난 블록버스터이기도 했지만,
얼떨결에 접하게 된 이국에 대한 기록으로서도 의미가
있었다.

바람은 제주 사람들의 운명과 생활을 지배했다.
그에 맞서 제주 사람들은 바람의 신에게 제사를 지냈고,
밭작물을 보호하기 위해 돌담을 쌓았다. 바람이 숭숭
통하게 해 돌담이 무너지지 않도록 쌓는 것이 기술이었다.
육지에서는 머리에 이는 채반이나 둥근 바구니를
사용할 때 제주에서는 등에 메는 직사각형의 바구니를
썼다. 강한 바람에 중심을 잡기 어려웠기 때문이다.

제주박물관에는 바당('바다'를 뜻하는 제주
방언)과 돌과 바람의 서사가 쓰여 있다. 그 안에 거센
풍랑을 헤치며 살아온 섬사람들의 씩씩한 기백과
고단함과 애잔함이 모두 배어 있다. 육지사람은
감히 상상해본 적 없던 스펙터클 속을 헤엄치다가
나오면 바당과 돌과 바람이 다시금 나를 반긴다.
소금기를 묵직하게 머금은 바다 내음을 만끽하며
꼬닥꼬닥('천천히'라는 뜻의 제주 방언) 걸어본다.

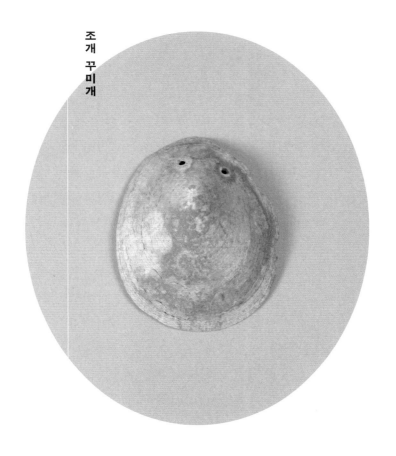

조
개

꾸
미
개

광어 미니어처같이 생겼지만, 장신구로 쓰기 위해 조개껍데기에
구멍을 뚫은 것이다. 바닷가에서 조개껍데기를 공짜로 주울 수 있다고
해서 이 꾸미개가 한 집 걸러 한 집에 있었으리라 생각하면 오산이다.
패각 꾸미개는 주로 높은 계급의 무덤으로 추정되는 곳에서 발굴된다.
재료가 무엇이든 장신구는 사치품이었고, 상류층의 전유물이었다.

국립제주박물관의 유물

어촌계 회장이 해녀들에게 물 밖으로 나오라는 신호를 보내는
용도로 사용되던 것으로, 일부 지역에서는 최근까지도 썼다고 한다.

고둥

해녀들이 물질을 하다 숨이 달려 발견한 해산물을 미처 손에
넣지 못했을 때에 이것으로 다음 잠수의 목표 지점을 표시해두고
올라왔다. 해녀들은 전복껍데기에 있는 숨구멍 가운데 가장
오른쪽에 있는 구멍이 뚫려 있어야 어복이 들어온다고 믿었다.

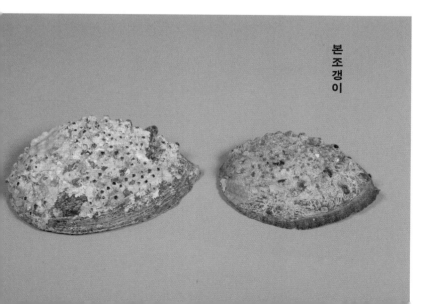

본조갱이

제주를 대표하는 석조 유물 두 톱 중 하나. 다른 하나는 너무나도
유명한 돌하르방이다. 육지의 동자석보다 순박하게 생겼다. 이 모습에
반한 사람들이 섬에서 가지고 나간 덕에(?) 전국에서 볼 수 있는
유물이 되었다.

동자석

제주박물관에서 나를 설레게 하는 것은 제주 땅에서 캐냈거나 제주 바다에서 다듬어진 석기 유물들이다. 제주 현무암은 대부분 80만 년 전 화산 활동으로 생성되었다. 우주의 시간으로 따지면 그리 오래전이 아니나 인류의 역사에서는 아주 먼 과거에 탐라에 살던 사람들은 주위에 널린 현무암으로 도구를 만들었을 뿐인데, 지금의 내게는 마냥 신기하고 이국적으로 다가온다. 제주박물관의 특산 유물로 지정하고 싶다.

공이

낫, 도끼, 돌칼 같은 민속 유물만 보던 촌스러운 육지사람은

바닷사람의 물건 앞에서 한동안 움직일 수 없다.

그물추와
그물(추정 재현품)、
전복껍질로 만든 칼

국립제주박물관의 유물

조선시대의 돌하르방. 제주 어딜 가나 돌하르방을 볼 수 있지만,
조선시대에 만들어진 진짜 돌하르방 유물은 몇 개 남지 않았다.
돌하르방은 돌미륵, 장승이라고도 불린다. 정확히 알 수는 없지만
제주도에서는 성 밖에 세우는 표지석이자 삿된 것을 쫓아내는 장승,
사람들의 소원을 듣는 불상의 역할을 두루 했을 것으로 추정된다.

제주 미륵상
(국립민속박물관
소장 기록유물)

국립중앙박물관

나만의 쉴 자리가 있는 곳

1965
1966
1967
1968
1969
1970
1971
1972 —— 국립중앙박물관으로 개칭
1973
1974
1975
1976
1977
1978
1979
1980
1981
1982
1983
1984
1985
1986 —— 이전 개관(구 중앙청)
1987
1988
1989
1990
1991
1992
1993
1994
1995
1996 —— 이전 개관(현 국립고궁박물관)
1997
1998
1999
2000
2001
2002
2003
2004
2005 —— 신축 이전 개관(현 용산)
2006
2007
2008
2009
2010
2011
2012
2013
2014
2015
2016
2017
2018
2019
2020
2021
2022
2023
2024
2025
2026
2027
2028
2029
2030
.
.
.

국립중앙박물관은 나에게 첫 번째 박물관이다. 기억에 남아 있는 첫 박물관이자 내가 박물관에 빠지게 된 계기를 선물해준 곳이기도 하다.

1980년대 후반, 가족과 처음 중앙박물관으로 나들이를 갔다. 동화 속 궁전처럼 생긴 구 중앙청 건물에 박물관이 있었다. 그렇게 스케일이 큰 건물은 난생처음이었다. 신기한 마음에 혼자 여기저기 돌아다니다 가족을 놓쳤다. 궁전 같았던 공간은 너무 넓고 높고 어둡고 추운 곳으로 돌변했다. 당황한 나는 더 깊이, 더 어두운 곳으로 빨려 들어갔다. 다행히 헤매다 지쳐 울고 있던 나를 발견한 직원의 도움으로 간신히 가족을 찾을 수 있었다. 가족을 잃어버렸다는 두려움과 한 번도 와 본 적 없는 건물에 갇혔다는 공포에 질려 박물관이 어땠는지는 잊어버렸다. 시간이 지나 다시 가보려고 찾아봤지만 기억 속 건물을 도무지 찾을 수 없었다. 그도 그럴 것이 구 중앙청이자 구 중앙박물관이었던 건물은 일제 식민의

국립중앙박물관

상징인 구 조선총독부 건물이었고, 1993년도에 철거되었기 때문이다.

중앙박물관에 대한 두 번째 기억은 첫 번째 기억과는 조금 멀리 떨어져 있다. 스무 살의 어느 여름날, 같이 학원을 다니던 친구가 "오늘은 그냥 박물관이나 가봐야겠다"라기에 놀 핑계가 생겼다 싶어 따라나섰다. 그때는 중앙박물관이 용산으로 이전한 뒤였다. 이촌역에서 내려 걸어가는데 박물관으로 가는 인도 정비가 끝나지 않아 모래만 깔린 울퉁불퉁한 길에 자꾸만 발이 잡아먹혔다. 갓 심어진 가로수는 그늘을 만들기엔 너무 어렸다. 미군기지 담벼락을 따라 걸으며 '아직 멀었나? 괜히 따라왔나?' 후회하던 차에 박물관 입구에 도착했다. 물론 그러고도 이글이글한 햇볕에 잘 익은 돌계단을 올라야 했지만. 도착한 기쁨도 잠시, 박물관에 들어가니 볼 것이 너무 많아 1층 상설 전시실 선사관만 돌아봤는데 체력이 바닥났다. 어차피 농땡이 겸 찾았던 것이라 1층 식당에서 밥을 먹고 음료수를 마시며 노닥거렸다. 높은 천창에서 수직 낙하하는 햇빛을 보며 감탄했던 기억이 난다.

어쩌다 박물관에 내내 붙어 있어야 하는 전통회화를 공부하게 됐는지 지금도 잘 모르겠다. 옛날 중앙박물관을 헤매다 도자기에 깃든 혼에 빙의라도 됐던 걸까. 하지만 공부를 본격적으로 시작하며 피곤에

절어 하루하루 관상이 바뀌어가는 동안에도 박물관에 큰 관심이 없었다.

　　　　박물관에 들락거리게 된 계기는 좀 하찮다. 학교 근처에서 구하기 어려운 회화 재료가 필요할 때면 왕복 4~5시간 거리의 서울에 가야 했다. 재료를 사고 나면, 멀리까지 왔는데 싱겁게 돌아가고 싶지 않아 거리를 쏘다녔다. 목적지 없이 걷는 데에 지친 어느 날, 신정, 설날, 추석을 제외한 362일 문을 열고 입장료도 없는데다 쾌적하기까지 한 박물관이 불현듯 떠올랐다. 이왕 쉴 거면 전통회화 옆에서 쉬자는 생각에 중앙박물관을 제 발로, 제 집처럼 드나들기 시작했다.

　　　　불교 회화를 중점으로 공부하던 터라 박물관 2층 불교 회화실을 휴게실로 삼았다. 전공으로 삼기 전에도 불교 회화에 큰 거부감이 없었는데, 다른 관람객들은 그렇지 않았는지 불교 회화실은 대체로 한산했다. 쉬러 온 티를 감춰보려고 전시실을 휙 둘러보다가 불교 회화실에서 3층 불교 조각실로 연결되는 계단 아래 의자에 자리를 잡았다. 나를 아는 사람을 마주칠 일이 거의 없는 곳에서 아무것도 하지 않고 조용히 쉬려는 내 목적에 알맞은 자리였다. 이 자리에 몸을 의탁한 첫날, 그간 박물관에 기대한 적 없었던 편안함을 느꼈다.

　　　　2층의 인구 밀도는 1층보다 확연히 낮았다. 아무리 손을 뻗어도 닿지 않는 높은 천장, 노란 햇빛과 검은 전시관 입구의 대비가 선명한 복도, 언제든 목을 축일 수 있는

정수기, 몇 번의 경험과 관찰을 통해 알게 된 사용자가
적은 3층 화장실, 정전기가 이는지 머리를 댔다 뗄 때
타다닥 소리가 나서 재미있는 밝은 모래색의 벽 타일까지,
2층의 모든 것이 흡족했다.

   불교 회화실의 백미 중 하나는 괘불(掛佛)이다.
부처의 모습을 그려 걸어놓는 그림인데, 그 크기가
대단히 커서 쉬이 볼 수 있는 작품이 아니다. 박물관 2층
천장이 뚫려 있어 3층과 연결된 자리에 높이 10미터가
넘는 괘불이 종종 걸린다. 2층에서는 부처의 발아래에서
그림을 올려다보고 3층에서는 부처의 얼굴을 정면으로
마주 볼 수 있다. 상시 전시되는 것은 아니어서 실물이
없을 때는 디지털 미디어 작품으로 대체된다. 높이
12미터, 폭 6미터의 스크린에 부석사, 화엄사, 은해사의
괘불 3점이 화려하게 수놓아진다. 부처와 보살의 둥근
발가락, 그 아래에 화사하게 피어 있는 더블 킹 사이즈
침대만 한 연꽃, 만발한 연꽃 주변을 휘감는 오색구름에
눈을 빼앗긴다. 부처의 발치에서 작고 미약한 중생이 된
기분으로 괘불을 감상하다 보면 잡념이 씻겨 나간다.

   매번 같은 자리에서 쉬다 보니 직원들이
괜한 오해를 할까 걱정이 되기도 하고, 이왕이면
다른 전시실에도 자리 하나를 만들고 싶어졌다. 불교
회화실에서 가까운 불교 조각실부터 탐색해보기로 했다.
꼭 포토샵에서 이미지를 잘못 늘인 것 같이 생긴 철불과,
닫집과 불단에 앉아 있는 화려한 불상을 지나니 석불과

철불 예닐곱 개가 벽을 등지고 앉아 있는 공간이 나왔다. 그 사이에 낮고 둥글넓적한 의자가 있었다. 부처들의 미소 빔 세례를 받기 딱 좋은 이 자리도 나만의 쉼터로 삼기로 했다.

이때만 해도 중앙박물관의 주인공인 반가사유상이 불교 조각실에 있었다. 관람객의 발길이 끊이지 않아 내가 쉴 만한 자리는 아니었지만, 그래도 처음 반가사유상을 봤을 때 좋았던 기억을 잊지 못해 박물관에 갈 때마다 문안인사 차 들르곤 했다. 이만하면 극락정토 한 귀퉁이에 간이의자라도 내어주시겠거니 기대하면서.

코로나19 팬데믹 동안 전시관이 개편되며 반가사유상은 '사유의 방'으로 자리를 옮겼다. 불교 조각실의 가장 안쪽에, 박물관의 심장인 양 은밀하게 숨겨두었던 반가사유상을 박물관의 얼굴로 내세운 것이다. 예전에는 교대로 한 점씩 전시해 나머지 한 점을 보지 못한 아쉬움을 삼켜야 했지만, 지금은 두 불상을 한번에 볼 수 있어 감동이 배가된다. '자기만의 방'은 유물에게도 필요하다.

사유의 방으로 들어가는 진입로는 한국을 대표하는 국보를 마주할 마음의 준비를 하라는 듯 다른 전시실과 분위기가 사뭇 다르다. 입구의 "두루 헤아리며, 깊은 생각에 잠기는 시간"이라는 문구가 이곳이 침잠해 있는 부처의 얼굴을 바라보며 명상할 수 있는 공간임을 예고한다.

국립중앙박물관

이전에 반가사유상이 있던 공간은 그리 크지 않아서 여럿이 관람하기엔 조금 어려웠다. 널찍해진 사유의 방에는 단체 관람객도 너끈히 들어갈 수 있다. 옛날 자리에 있던 반가사유상 좌대와 비슷하게 생긴 휴게용 의자는 사라졌지만, 공간 자체를 느끼며 명상의 시간을 가지고 싶다면 바닥에 가부좌를 틀고 앉아 보는 것도 괜찮을 성싶다.

사유의 방 신설과 함께 3층 세계문화실의 전시 환경도 대대적으로 개편되었다. 아래로, 옆으로 개편의 흐름이 이어지며 상설전시실 전체가 바뀌었다. 한때 내 전용 휴식 공간으로 삼았던 2층 불교 회화실의 구석 자리는 다른 이에게 넘겨줄 수밖에 없었다. 승려 신겸과 서산대사가 눌러앉아 영원한 차담을 나누기 시작했기 때문이다. 한낱 중생이 감히 텃세를 부릴 수 있는 상황이 아니다. 이제 그만 불교 회화실을 떠나야겠다.

언젠가 문화가 있는 날(매달 마지막 주 수요일로 오후 9시까지 연장 운영한다)에 퇴근을 하다가 갑자기 불교 조각실에 가고 싶어 박물관에 들렀다. 신나게 불상들과 접선하다 다리가 아파서 전시실 의자에 앉았는데, 피곤했는지 살짝 졸았다.

관람 중에 느끼는 피로감을 '뮤지엄 퍼티그' (museum fatigue)라고 한다. 장시간 걷고, 안내문을 읽으려고 지속적으로 집중력을 발휘하고, 연이어지는 작품과 유물에 시각 자극을 받고, 그것이 자신에게 어떤 감상을 남기는지 무의식적으로 의사결정과정을 내리는 과정에서 피로가 쌓이는 것이다. 관람객 동선 곳곳에 소파나 벤치 등의 의자가 배치되어 있는 이유다.

중앙박물관의 복도 의자는 여전히 내가 쉬러 가는 자리다. 복도 의자에 앉아 거칠거칠한 벽면에 머리를 기대면 머리카락이 살짝 엉겨 붙는다. 머리를 떼고 일어나는 찰나, 박물관 벽이 머리카락을 약하게 잡아채는 느낌이 든다. 아직 일어서지 말라는 걸까. 결국 다시 주저앉아 머리를 벽에 떼었다 붙였다 하면서 박물관에 오갔던 시간을 헤아려본다.

국립중앙박물관

국립중앙박물관의 유물

불법을 수호하는
여러 신을 그린 그림

불화인데 부처나 보살이 없다. 그림 속 신들은 한반도의 토착신
용왕이거나 인도에서 건너온 신들이다. 마른 오징어 다리를
턱수염으로 붙인 중앙의 신이 용왕이다. 용왕을 중심으로 9시
방향에 입이 새의 부리처럼 생긴 가루라, 3시 방향에 사자(전혀
사자 같아 보이지 않지만)의 가죽을 쓰고 있는 건달바, 그리고
7시 방향에 새 모양 가죽을 머리에 쓴 긴나라를 포함해 여러 신이
한 화면에 배치되어 있다. 구름 사이로 나타난 신은 힌두교의 신
위태천이다. 다른 신들과 경쟁하기보다는 포용하며 세력 확장을
꾀했던 불교의 전략이 엿보이는 '신중도'는 여러 신이 함께 그려져
신력 또한 대단할 것이라고 믿은 사람들에게 인기가 많았다고
한다. 내 눈엔 영락 없이 회식 2차 장소를 정하는 직장'신'들처럼
보이지만 말이다. 이 와중에 제 갈 길을 가는 위태천이 존경스럽다.

괘불은 야단법석(野壇法席)에 자리를 펴고 키 큰 나무를 잘라 만든 기둥에 걸어 여러 사람이 모였을 때 멀리 떨어진 자리에서도 볼 수 있도록 크게 그린 그림이다. 다른 불화나 서화 유물과 달리 거대한 높이와 무게를 견딜 수 있게 튼튼한 면이나 굵게 직조된 마 섬유를 재료로 하고, 위아래에 들어가는 족자봉 역시 통나무로 제작한다. 괘불 보존처리 현장을 우연히 본 적이 있다. 커다란 체육관을 빌려 그림을 바닥에 펼쳐 놓고, 양 끝에 바퀴가 달린 금속재 사다리에 판자를 붙인 간이 이동 기구를 설치한다. 보존처리 전문가가 거기에 올라타 위에서 아래로 이동하며 그림 상태를 확인하고 필요한 처리를 한다. 바닥에 누운 부처와 보살과 나한들 위로 판자에 엎드려 가운을 입고 일하는 사람들을 보며 참 기묘하고 정성이 가득한 광경이라는 생각을 했다.

부석사 괘불

국립중앙박물관에 기증된 고 이건희 회장의 소장품 가운데 하나이다.
이상좌는 어릴 때 어느 양반집 하인으로 지내다가 워낙 재능이 뛰어나
특채로 도화서 화원이 되어 중종(1506~1544 재위) 승하 이후
중종의 어진을 그린 인물이다.
이상좌 불화첩은 나한을 그린 것으로, 완성본은 아닌 초본(붓으로
그리는 스케치)으로 보이지만 날렵하고 자유롭게 움직이는 먹선에서
그의 내공이 느껴진다.

이
상
좌
불
화
첩

준제보살도

마찬가지로 고 이건희 회장 기증품으로 조선시대 작품이다.
준제보살은 모든 부처와 보살의 어머니 같은 존재로 알려져 있는데,
준제보살을 그린 유물의 수가 적어 쉬이 만날 수 없었다. 게다가
이전에는 개인 소장으로 등록된 유물이어서 고화질 이미지를
구하려면 여러 장의 신청서를 써야 했고, 이미지 파일 크기와
화질에 따라 급상승하는 비용을 감당해야 했다. 이제는 국립박물관
소장품이 되어 무료로 고화질 이미지를 받아 책에 실을 수 있게
되었다.

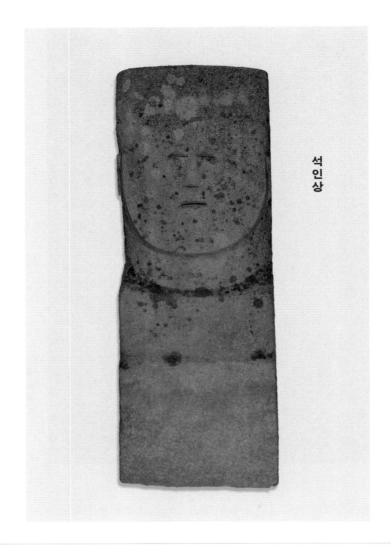

석인상

으스스한 오라가 풍기는 조선시대 유물이다. 조선시대 길거리 곳곳에 있었던 장승이나 동자석은 미야자키 하야오의 애니메이션「모노노케 히메」속 나무 정령들처럼 무해하고 깜찍한 이세계 친구처럼 느껴지지만, 이 석인상은 다르다. 꼭 돌 안에 갇힌 혼이 구해달라고 얼굴을 들이미는 것 같다. 하고 싶은 말이 참 많아 보이는데 선뜻 귀를 가까이 가져가기는 저어되어 괜스레 미안해진다.

국립중앙박물관의 유물

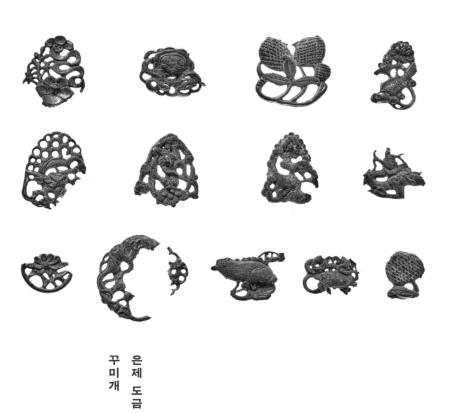

은제 도금
꾸미개

처음 박물관에 취미가 생겼을 때 가장 탐닉했던 시대가 바로
고려시대이다. 식물을 모티브로 한 문양과 조각이 유려하면서도
과하지 않아서 좋았다. 더러 부러졌고, 2센티미터 내외로 크기가
작아도 고려인들이 만든 푸르스름한 동식물의 세계는 참 아름답다.

철조 석불 좌상

조금 무섭게 생겼다. 하지만 가만 보면 흐르는 물이나 모닥불 불티를 보며 멍 때리는 얼굴 같기도 하다. 사람이 원래 멍 때리다 보면 약간 무서운 얼굴이 되기도 하니까.

국립중앙박물관의 유물

동그란 얼굴만 떼어 놓고 보면 별 특이점이 보이지 않는데
목 아래로는 호리호리하고 기다랗다. 기묘하게 꼿꼿해서
인상적이다.

철
제
불
상

청자는 청자토와 청자유로 만들어지는데, 불의 온도와 유약의
배합과 특성, 문양을 넣는 데에 사용한 안료의 성분에 따라 색이
맑은 물빛에서 잘 익은 벼의 색까지 다양하게 나온다. 이 청자의
색이 누릇한 이유는 가을과 어울리는 국화 문양을 그리는 데에 쓰인
산화철(녹슨 철) 성분으로 볼 수 있다. 색도 감성도 착착 맞아 떨어지는
둥근 항아리의 넉넉함에 마음이 풍족해진다.

청자 철화 국화무늬 항아리

국립중앙박물관의 유물

한국에서는 박물관과 미술관으로 구분되어
번역되는 '뮤지엄'(museum)은 본래 두 뜻을
모두 포함하는 용어다. 그렇다면 두 용어는
어떻게 분리되어 지금까지 오게 되었을까.

한국 근대 박물관의 원형은 1909년 동물원,
식물원과 함께 개관한 제실박물관이라고 할 수 있다.
제실박물관은 본래 창덕궁으로 자리를 옮긴 순종을 위로하기
위해 설치한 위문시설에 가까웠다. 조선시대 최고 권력을
상징하는 공간인 궁궐(창경궁) 안에 동물을 들이고 정전 앞
박석을 들어내고 정원을 조성한 것에 일본의 정치적 압박이
없었다고는 할 수 없다. 하지만 흩어져 있던 삼국시대의
불상, 고려시대 청자와 조선시대 도자기 및 서화를
수집했고, 무엇보다 이를 대중에게 공개한 한국 최초의 공공
박물관이었다.

제실박물관이 개관한 지 2년 후인 1911년에
이왕가 '미술관'이 덕수궁에 문을 열었다. 이왕가미술관에서는
제실박물관에서 옮겨 온 소장품과 일본의 근대미술 작품을
함께 전시했다. 은근하게 일본의 것을 '신식', '신문명'으로
위치 지으며 일제의 조선 침탈을 정당화하고자 한
프로파간다 공간이었다. 이왕가미술관의 초기 전시 형태는

뮤지엄에 가까웠지만, 1933년에 일본 미술계에서
최고로 꼽히는 당대 작품을 전시하는 곳으로 용도가
변화하고 전시 주기마저 20일로 짧아져 사실상
소장품의 연구, 보존보다 전시 목적이 앞서게 되었다.
1938년에는 제실박물관이 '이왕가박물관'으로 명칭이
변경되면서, 박물관과 미술관이 현격히 구분되는 것으로
못 박히게 되었다.

　　　　해방 이후 이 간극이 줄어드는가 싶더니
어느 순간 더욱 벌어졌다. 일제가 조선을 돌아다니며
유물을 수집해 개관한 조선총독부박물관의 컬렉션과
이왕가미술관의 후신인 덕수궁미술관의 소장품을
모아 고대 유물부터 근대 한·일의 미술작품까지 두루
소장한 국립박물관이 탄생했다. 박물관과 미술관이
구분될 이유가 사라진 듯했으나, 십수 년이 흘러 1969년
국립현대미술관이 개관하며 다시금 둘이 갈라서게
되었다. 국립현대미술관은 국립박물관과 같은 컬렉션
없이 국전의 개최, 국전 당선 작품 전시를 우선하는
공간으로 운영되었고, '현대'에 초점을 맞춘 큐레이션을
꾸준히 선보이며 박물관과는 완전히 다른 길을 걷는
기관으로 자리를 잡았다.

　　　　「박물관 및 미술관 진흥법」 또한 그 분리를
당연시하고 있다. 제2조(정의)를 살펴보면 다음과 같다.

　　1.　"박물관"이란 문화·예술·학문의 발전과

일반 공중의 문화 향유 및 평생교육 증진에
이바지하기 위하여 역사·고고(考古)·인류·민속·
예술·동물·식물·광물·과학·기술·산업 등에 관한
자료를 수집·관리·보존·조사·연구·전시·
교육하는 시설을 말한다.

2. "미술관"이란 문화·예술의 발전과 일반 공중의
   문화 향유 및 평생교육 증진에 이바지하기 위하여
   박물관 중에서 특히 서화·조각·공예·건축·사진
   등 미술에 관한 자료를 수집·관리·보존·
   조사·연구·전시·교육하는 시설을 말한다.

3. "박물관자료"란 박물관이 수집·관리·보존·조사·
   연구·전시하는 역사·고고·인류·민속·예술·동물
   ·식물·광물·과학·기술·산업 등에 관한 인간과
   환경의 유형적·무형적 증거물로서 학문적·예술적
   가치가 있는 자료 중 대통령령으로 정하는 기준에
   부합하는 것을 말한다.

4. "미술관자료"란 미술관이 수집·관리·보존·조사·
   연구·전시하는 예술에 관한 자료로서
   학문적·예술적 가치가 있는 자료를 말한다.

   다소 아리송한 법적 정의만큼이나 뮤지엄이

박물관과 미술관으로 명칭이 분리되는 것에 대해
학계와 업계 내에서도 의견이 분분하다. 당장 어찌해야
한다는 것은 아니지만 언젠가 이름이 통합된다면
박물관이 좋을까, 미술관이 좋을까? 아니면 제3의 대안이
등장할까? 이런 논의 속에서도 박물관이 가야 할 길이,
사회가 박물관에 요구하는 역할이 정해지고 변화한다.
박물관 애호가인 나는 어떤 변화든 즐겁게 받아들일
준비가 되어 있다.

국립진주박물관

화력
조선의
스펙터클

1984 —— 개관
1985
1986
1987
1988
1989
1990
1991
1992
1993
1994
1995
1996
1997
1998
1999
2000
2001
2002
2003
2004
2005
2006
2007
2008
2009
2010
2011
2012
2013
2014
2015
2016
2017
2018
2019
2020
2021
2022
2023
2024
2025
2026
2027 —— 옛 진주역 자리로 이전 개관 예정
2028
2029
2030
.
.
.

국립진주박물관은 진주성 안에 있다. 유순한
남강을 끼고 도는 진주성에는 소풍 나온 주민과 어린이가
많다. 줄 맞춰 어디론가 향하는 아이들 뒤를 따라 가다 보면
자연히 진주박물관이 나타난다.

진주성은 조선시대 임진왜란(1592~98) 최대
격전지였다. 이곳에는 진주목사 김시민의 전공비를 비롯해
제2차 진주성 전투에서 순절한 사람들의 진위를 모신
창렬사와 제씨쌍충사적비 등 장렬히 참전했던 이들을
기리는 여러 개의 비가 있다. 당시에 세워졌던 비는 추모와
동시에 전쟁을 기록하는 역할을 담당했다. 현대에 와서
그 역할은 진주박물관에 일임되었다.

진주박물관이 원래부터 임진왜란을 기억하는
임무를 맡았던 것은 아니다. 1984년 개관 당시엔 경상남도
지역에서 발전했던 가야 문화를 알리는 선봉이었으나,
4년 뒤 국립김해박물관이 개관하면서 그 역할을 넘겨주고
임진왜란 특성화 박물관으로 거듭났다.

국립진주박물관

진주성이라는 역사적 현장을 지키는 박물관이라는 점이 잔잔한 울림을 남기지만, 접근성이 낮은 점은 조금 아쉽다. 진주성에서 진주박물관으로 들어가는 가장 가까운 문은 서문인데, 계단만 있어 이동 보조 기구를 이용하는 방문객에겐 제일 나쁜 코스다. 주차장과 매표소가 있는 공북문과 촉석문에서 들어온다면 박물관까지 꽤 걸어야 한다.

눈앞에 나타난 진주박물관의 첫인상은 '낮다'는 것이었다. 여러 박물관이 층고를 높이고 지역의 랜드마크가 될 만한 거대한 크기인 것과 다르게 말이다. 외장재는 진주성에 쓰인 석재와 비슷한 빛을 띠고 있어 진주성과 박물관이 더욱 일체된 듯하다. 겹겹이 쌓인 지붕이 특히 독특한데, 멀리서 보면 여러 기와집이 모인 마을을 닮은 것도 같고, 좀 더 가까이 다가가 올려다보면 한반도의 탑을 닮은 구석도 보여 여러모로 한국의 전통미를 간직하고 있다. 한옥의 특징인 우물 정(井) 자형 반자 천장을 재해석한 박물관 내부의 석재 천장도 인상적이다. 1층과 2층을 천천히 돌아 물 흐르듯 이동할 수 있는 동선은 여느 박물관에서는 경험하지 못한 것이었다.

한국적인 분위기가 물씬 풍기는 진주박물관을 설계한 사람은 현대 건축의 대가 김수근이다. 옛 부여박물관과 국립청주박물관도 그의 손에서 탄생했다. 1968년 그가 설계한 옛 부여박물관은 일본의 신사를 본뜬 듯한 외관 때문에 '왜색 논란'에 휩싸이며 국립박물관으로 사용되지 못했는데, 이후 김수근은 한국적 건축이 무엇인지 고민하며 동양 건축에 대해 새로이 공부했다고 한다. 석재 유물을 아주 좋아하는 나는 김수근이 설계한 세 박물관 중에 진주성과 잘 어우러지는 진주박물관을 최애로 꼽는다.

아담한 외양과 달리 진주박물관은 박력이 넘친다. 2019년에 열린 특별전 「비격진천뢰」전 포스터만 봐도 그렇다. 길가에서 이 포스터를 마주쳤다면 화들짝 놀랐을 것이다. 비격진천뢰는 16세기 선조 때에 발명되어 임진왜란 때 사용된 포탄의 일종이다. 화약 구멍으로 화약을 넣고 원하는 폭발 타이밍을 계산해 도화선의 수와 길이를 조절한 다음, 불을 붙여 손으로 굴리거나 통에 넣어 발사했다. 폭발할 때 비격진천뢰 표면의 파편과 내부에 따로 넣은 쇳조각이 날아가며 살상력을 높였다. 「비격진천뢰」전에는 진주성에서 발견된 것을 포함해 창경궁(추정), 장성 석마리, 하동의 고현성지, 창녕의 화왕산성에서 발견된 비격진천뢰가 함께 전시되었다. 비격진천뢰처럼 내부에서 화약이 폭발하는 특성을 가진 무기는 온전한 형태로 발굴하기도 어렵고 조각을 맞춰 수리를 하기도 쉽지 않아 대중에게 공개할 때 조심스러울 수밖에 없는데, 진주박물관은 그런 수고를 마다하지 않았다.

국립진주박물관

「비격진천뢰」 포스터.

        2021년 조선화기를 주제로 한 「화력조선」전
역시 동세감이 남달랐다. 티저 영상 격이었던 '화력조선:
조선소형화약무기의 역사'는 박물관계에 던진 화약이었다.
잘 알려지지 않은 조선시대 무기인 승자총통을 소개하는
문법 자체가 기존의 것과 너무나 달랐다. 학예사가 나와
승자총통의 구조며 사용법을 단조롭게 알려주겠거니 지레
짐작했건만, 내 눈앞에 나타난 자는 산발이 된 머리칼을
휘날리며 승자총통을 발포하는 노병이었다! 뭐랄까,
학회에 세미나를 들으러 갔는데 갑자기 무대에 백마를 타고
나훈아가 등장하는 것을 목격한 듯한 충격이었다. 티저
영상의 반응은 정말 뜨거웠다. 이후 진주박물관은 영상
콘텐츠 제작에 꾸준히 힘을 쏟고 있다.
        오프라인 전시 주제 또한 조선의 화약 무기와
전쟁 기록, 전화를 겪은 백성들의 목소리 등에 초점을
맞추며 역사, 군사, 전쟁에 관심 많은 애호가들의 성지가
되었다. 「화력조선」전에 직접 조선시대 군장을 하고 찾아온
'덕후'도 있었다고 한다. 박물관이 자부하듯 진주박물관은
남쪽 지방 어딘가에 숨어 있는 고요한 박물관이 아니라
"한국을 대표하는 조선 무기 대표 박물관"이자 "전통 밀덕
맛집"이 되어가고 있다.
        많은 박물관이 휴관하거나 관람객 감소를 감내할
수밖에 없었던 코로나19 팬데믹 시기에 진주박물관은
자기만이 할 수 있는 이야기를 뾰족하게 갈고닦았다.
그렇다고 조선시대 군사 무기라는 강력한 소재를 재미있게

국립진주박물관

풀어내는 데만 골몰하지 않는다. 진주박물관은 임진왜란을 바라보는 관점도 관람객과 나눈다. 임진왜란실 초입에 설치된 영상은 '임진왜란'이라는 명칭 자체에 질문을 던진다. 임진년에 일본의 조선 침략으로 시작되었지만, 장장 7년 동안 명, 조선, 일본 세 나라가 참여했던 이 전쟁을 '동아시아 7년전쟁'으로 명명한다면 16세기 동아시아 국제 정세 속 조선의 위치, 주변국과의 관계, 전쟁의 규모를 보다 명확하게 인식할 수 있지 않겠느냐는 질문이다. 인문역사 박물관이 유물을 공개, 전시하는 공간이자 역사 인식의 전환을 불러일으키는 사회적 역할을 담당하는 공간임을 새삼 깨닫는다.

부드럽게 흐르는 남강과 고요한 진주성을 돌며 가벼운 마음으로 박물관에 입장했는데, 박물관에서 나올 때는 심신이 탈진된 듯하다. 전장에서 들릴 법한 낮은 북소리가 둥둥 귓가에 맴돌고, 화약이 폭발하는 냄새가 코끝에서 사라지지 않는다. 박진감 넘치는 전시 서사에 도파민이 분비됐는지 기운이 반짝 솟았다가 언제 집까지 가나 막막해진다. 그래도 다행이다. 두 발로 걸어서 한양까지 가는 조선시대 보병이 아니라서.

보
물
중
완
구

임진왜란 발발 2년 전인 1590년 9월, 함경도 고원에서 화포장
이물금이 주조한 무기이다. 손잡이를 잡고 둥근 주둥이 부분에
비격진천뢰 같은 폭발 무기를 넣어 조준해 발사했다.

보
물
현
자
총
통

거제에서 발굴된 것으로, 다른 무구류 유물과 마찬가지로
제작 경위가 표면에 새겨져 있다. 적힌 바에 따르면, 1592년에
주조되었으며 완구류(중완구, 대완구)보다 몸체가 길어 사거리가
800~1500보(중완구, 대완구는 350~500보)에 달한다. 이순신이
치른 주요 해전에서 현자총통이 사용되었다는 기록이 있다.

국립진주박물관의 유물

비
격
진
천
뢰

경남 하동 고현성지에서 발굴되었다. 본문에서 설명했듯 폭파하는
무기이기에 처음 형태를 알아볼 수 있게 발굴되는 경우가 드문데,
이것은 비교적 온전한 형태를 하고 있다. 날아가 폭발할 때 하늘을
찢는 천둥소리를 낸다는 뜻을 가진 이 무시무시한 무기를 개발한
사람은 군기시(지금으로 치면 국방과학연구소)에 속한 화포장인
이장손이다.

이충무공전서

정조 19년(1795년)에 제작된 이순신의 유고 전집. 지금으로 치면 위인전에 가깝다. 단순히 칭송하는 기록물이 아니라 이순신의 업적을 세세히 기록해 알리는 목적으로 쓰였다. 거북선의 도판 같은 귀중한 자료가 실려 있다. 책임편집은 조선시대 문학, 역사 분야 저술가이자 학자로 이름 높은 유득공이 맡았다.

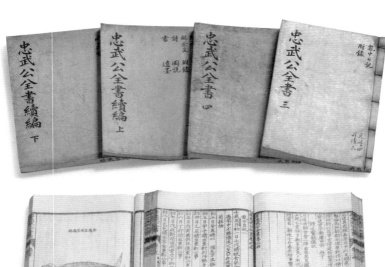

국립진주박물관의 유물

지난 일을 기록해 잘못을 징벌하고 후환을 경비(경계)한다는
뜻을 가진 제목의 책이다. 선조(1567~1608 재위) 시절 영의정을
지낸 류성룡이 1592~1598년 7년간의 일을 적은 것으로,
안동에 있는 국학진흥원에 그가 자필로 적은 초안 판본이 있고
진주박물관에 소장된 이것은 초안을 수정하고 내용을 다듬어
엮은 것이다.

**징
비
록**

명의 시점으로 임진왜란을 묘사한 병풍으로, 왜를 정벌한 공을 기념해 그린 그림 병풍이라는 뜻이다. 너비가 약 4미터에 달하는 만큼 장대한 서사를 담고 있다. 2012년 국립중앙박물관 김영나 관장 시절 영국에서 구입했다. 여섯 폭 병풍 두 개가 한 세트인데, 국립중앙박물관에서 구입한 것은 전투의 후반부에 해당한다. 전반부는 현재 스웨덴 동아시아박물관에 소장되어 있다.

1593년 1월, 일본군에 빼앗겼던 평양성을 조-명 연합군이 탈환하기 위해 벌인 전투를 묘사한 그림이다. 국립중앙박물관이 소장한 「평양성도」 속 한없이 고요한 평양성의 모습과 비교해서 보면 「평양성탈환도」의 혼란이 더 실감난다. 군사들이 휘몰아치는 화면 양옆, 위아래에서 땅을 울리며 달리는 군마의 기세가 느껴진다. 성 안의 왜군도, 성 밖의 조-명 연합군도 사활을 건 전투 중이다. 오른쪽 하단에는 한손에 화포를 들고 다른 한손에는 일본군을 낚아챈 채 적진을 바라보는 장군이 위풍당당하게 서 있고, 그 위로는 나팔을 불고 깃발을 나부끼며 전진하는 부대가 있다. 중앙부의 엎드린 채 벌벌 떠는 왜군 병사의 모습까지, 구석구석 뜯어보면 그림이 전하는 서사가 생생하게 읽힌다. 멈춰 있는 화면에서 움직이는 동작이 보이다니, 진정한 고수의 경지다.

국립진주박물관의 유물

평양성탈환도

177

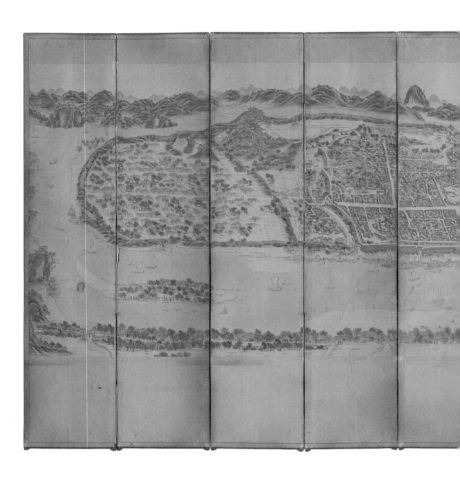

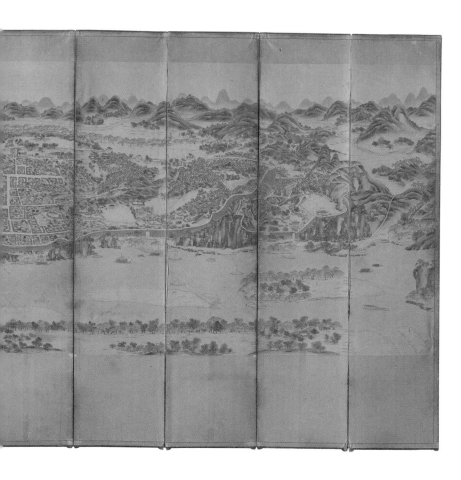

평양성도
（국립중앙박물관 소장）

국립춘천박물관

언제나
웃는

나한의
집

2002 —— 국립춘천박물관 개관
2003
2004
2005
2006
2007
2008
2009
2010
2011
2012
2013
2014
2015
2016
2017
2018
2019 —— '창령사 터 오백나한'실 신설
2020
2021
2022
2023
2024
2025
2026
2027
2028
2029
2030
.
.
.

'덕후'들은 말한다. '덕질'을 할 수 있는 사람은
타고난다고. 동의한다. 덕질의 대상은 계속 바뀌었지만
나는 꾸준히 덕후였다. 어렸을 때 브릿팝 밴드 블러를
좋아하다가 외국 아저씨들에 대한 관심이 사라진 후에는
한국 밴드나 고아 트랜스, 전자음악에 빠졌다. 그다음은
SM엔터테인먼트 소속 가수들이었다. 케이팝을 귀에 달고
살던 그즈음, 전공에서 손을 딱 놓고 싶을 만큼 공부하기가
싫어졌다. 숨통을 찾기 위해 학교 밖으로 돌다가
박물관과 유물에 빠져들며 새로운 '덕질'이 시작되었다.
한동안 박물관의 쾌적한 실내 환경을 즐기며 유유자적
돌아다녔는데, 어느새 박물관과 유물에 대해 이야기하는
것이 일이 되었다. 좋아하는 것이 일이 되면, 좋아하는 것에
금이 간다. 나는 조금씩 박물관 탐방에 지쳐갔다. 꽂혀서
헤어 나올 수 없는 무언가를 만나지 못하면 이 답답함이
해소되지 않을 것 같았다.
　　'덕질'도 일종의 개발이 필요하다. 사고처럼

　　국립춘천박물관

일순간에 벌어지는 것만은 아니란 소리다. 괜히 인터넷을
뒤적거리며 이것저것 찍어 먹어보다가 돌탑과 석불에
닿았다. 이거다. 박물관과 유물 카테고리에 속하는데다,
야외에 있어 수풀을 헤집고 바위 사이를 뒤적여야 만날 수
있다는 색다름이 좋았다.

　　　　이 '덕질'은 쉽지 않았다. 그나마 탑은 대체로
절에 있으니 대중교통과 택시로 이동하기 용이했던
반면, 마애불은 지도 앱에 찍힌 대강의 위치만 보고 산에
올라야 했다. 등산은 고통스럽지 않았다. 다만, 산속에는
표지판도 없고, 꼭 등산로 주위에 마애불이 있으리란
보장도 없었다. 때때로 길을 개척해야 했다. 잔뜩
기울어진 매끈한 암벽 위, 허리 높이로 자란 잡목과 수풀
사이, 사람이 없는 곳을 헤매고 다녔다. 산등성이 사이로
빠르게 지는 해는 무서웠다. 부처의 은혜가 내게 닿기를
기도하며 길을 찾아 간신히 마애불을 보고는 어둑한
산길을 달리듯 내려온 적도 있다. 동행도 생존 장비도
없이 산에 다니는 것은 위험하다는 데에 생각이 미쳤다.
전국의 석탑과 불상을 찾아다닌 지 2년 만이었다.

　　　　나는 다시 박물관으로 돌아갔다. 확실한
표지판이 있고 길이 아닌 곳은 애초에 출입이 불가하며
로비에 안내원이 상주하는 곳으로 말이다. 그래도 돌로
만든 유물에 대한 집착은 여전했다. 2017년 처음으로
국립춘천박물관을 방문하게 된 이유였다.

　　　　당시 춘천박물관에서는 자그마한 키에 둥근

얼굴, 미소 짓는 얼굴의 석조 나한상을 내건 특별전시 「학수고대: '새로운 전시를 기다림'」이 열리고 있었다. 보고 싶은 것만 눈에 들어온다고, 나는 여태 이 전시를 나한상 특별전으로 기억하고 있었다. 그런데 이 글을 쓰며 6년 전 전시 안내문을 다시 읽어보니, 박물관 개편 공사 중이라 전체 전시실을 공개하지 못하지만 새롭게 바뀔 박물관을 기다려달라는 내용의 전시였다. 기억의 착오가 있을 만큼, 그때 나는 다른 유물은 보는 둥 마는 둥 하고 나한상 앞으로 직행했었다.

이듬해, 국립춘천박물관은 「창령사 터 오백나한」이라는 제목으로, 그러니까 진짜 나한상 특별전시를 열었다. 전국 국립박물관 전시 평가에서 최우수 전시로 꼽힌 이 전시는 국립중앙박물관으로 자리를 옮겨 관람객을 만나기도 했다. 부산박물관, 호주 시드니 파워하우스 박물관 순회를 마친 오백나한은 춘천박물관의 최고 스타 반열에 올랐다.

2017년에 만난 오백나한상은 내게 깊은 인상을 남겼다. 석굴암에 있는 금강역사처럼 카리스마를 내뿜는 것도 아니고 이목구비가 뚜렷한 것도 아닌데, 옅지만 따스한 미소라든가 고개를 살짝 옆으로 기울이고 고민에 빠진 듯한 표정이 마음에 콕 박혔다.

나한은 산스크리트어 아라한(Arhat)에서 유래한 말로, 불교에서는 수행하며 오를 수 있는 가장 높은

국립춘천박물관

단계에 이른 자를 뜻한다. 또한 깨달음을 얻은 자로서 석가모니에게 불법을 지키고 대중을 구제하라는 임무를 받은 이이다. 부처의 경지에 가까운 제자로 꼽히는 십육나한은 각각 이름과 역사가 따로 있어 불교를 바탕으로 하는 창작물에 자주 등장한다. 오백나한은 부처가 열반에 든 후 그 제자인 '가섭'이 부처의 말씀을 정리하기 위해 연 회의에 모인 제자 500명을 칭한다.

춘천박물관에 있는 창령사 터 오백나한은 2001년에 발견되었다. 영원에 있는 산 초로봉 꼭대기 근처 깊은 계곡에 절터가 있다는 것은 구전을 통해 알려진 사실이었다. 아직 창령사 터가 발굴되기 전이었던 2000년, 무당이었던 이 땅 주인의 배우자가 어느 날 꿈자리가 심상치 않아 이곳에 와서 기도를 올렸더니 한동안 이유 없이 아팠던 몸이 나았다. 명당자리를 알아본 그는 이곳에 기도 터를 마련하려고 공사를 시작했다. 땅을 고르던 중 비슷한 크기의 둥그스름한 돌덩이가 여럿 보여 꺼내보니, 그것이 오백나한상의 일부였다.

2001년부터 본격 발굴이 시작되었는데, 이때 나온 유물 중에 '창령'이라고 적힌 기와 조각이 발견되었다. 무명의 절터에 이제 '창령사지'라는 이름이 붙게 되었다. 당시 함께 발굴된 유물 가운데 12세기 송나라에서 사용하던 동전과 고려청자가 있어 고려시대에 지어졌거나 그 전에 지어져 고려시대를 통과했던 절이었음을 알 수 있다.

현재 춘천박물관에 전시된 오백나한상은 수리되고 보존 처리를 거치며 단아하고 깨끗한 모습이라 지난 세월의 풍파가 잘 느껴지지 않지만 발굴 현장은 적잖이 참혹했다. 발굴된 317점 가운데 온전한 형태를 유지한 나한상은 64점에 불과했다. 나머지는 모두 머리와 몸이 분리되거나 여러 조각으로 부서져 있었고 일부는 불에 탄 듯 열에 노출된 흔적이 있었다. 아마 누군가 일부러 나한상을 훼손하고 절까지 불태운 것이 아닐까 추정하고 있다.

창령사에 대한 기록은 많지 않다. 16세기 『신증동국여지승람』에 "영월 석선산에 창령사가 있다"라고 쓰여 있고, 이후 18세기까지 드문드문 문헌상에 등장하지만 이후 소식이 끊겼다. 유교를 숭상하던 조선시대에 유생들이 절이나 불상, 불화, 불탑을 훼손하는 일이 자주 있었지만, 창령사가 억불 정책의 희생양이었는지는 확실치 않다. 이제와 정확히 알 수는 없지만, 창령사와 나한상이 긴 세월 동안 숱한 사건, 사고를 겪었으리라는 것은 짐작할 수 있다. 그럼에도 나한상들은 다 괜찮다는 듯 미소 띤 얼굴로 절터를 지켰다.

이제 오백나한은 춘천박물관에 산다. 수백 년 산속에서 도를 닦다가 다시 중생이 모이는 곳으로 내려온 것이다. 부처의 말을 읊어주지는 못하지만, 득도한 듯 편안한 얼굴로 우리 자신의 얼굴을 돌아보게 한다.

국립춘천박물관

사연 많은 유물은 오백나한 하나가 아니다. 1층 상설전시실에 있는 중도식무문토기에 얽힌 이야기도 그냥 지나치기엔 너무나 중요하다. 중도식무문토기는 의암댐을 건설하며 생긴 섬 '중도' 지역에서 발굴된 문양이 없는 토기라는 뜻인데, 이번 이야기의 핵은 '중도'다.

춘천의 중도 하면 이제 레고랜드가 떠오른다. 하지만 중도의 주인은 따로 있었다. 레고가 100년 무상으로 중도를 임대하고 놀이공원을 짓던 중 엄청난 규모의 유물이 발견된 것이다. 사실 중도 지역에서 선사시대 유적과 유물이 발견된 것은 이때가 처음이 아니다. 1977년부터 반달돌칼과 돌도끼가 발굴된 전적이 있고, 1980년을 기해서는 국립중앙박물관이 대대적인 발굴 조사를 진행한 바 있었다. 2009년부터 2011년까지 2년간 발굴 사업이 한 차례 더 이루어졌는데, 이때 발굴된 유적들이 석기시대부터 철기시대에 걸쳐 있어 중도가 고대인의 삶의 터전임이 확인되었다. 레고랜드 공사를 앞둔 2013년부터 2017년에도 중도 지역 정밀 발굴이 진행되었다. 이 과정에서 이미 발굴되었던 거주 지역보다 더 큰 도시 유적이 발견되었고, 고인돌 집단과 고구려시대 무덤, 집터와 여러 용도로 사용했을 구덩이 등 유구 3000기와 유물 8000점이 발굴되었다.

여러 문화단체가 나서서 중도 유적을 지키려고 했지만 문화재위원회는 유적공원 및 박물관을 짓는 조건으로 레고랜드의 공사를 허가해주었다. 하지만 지금, 레고랜드는 완공되었지만 유적공원 및 박물관 건립 움직임은 없다. 대량으로 발굴된 유물은 중도 밖 비닐하우스에 방치되고 있고, 중도에 남은 고인돌 부재 유물은 레고랜드 개장 전에 부랴부랴 복원해 돌을 뒤죽박죽 놓고 시멘트로 고정했다. 한반도 고대 도시의 흔적은 레고 도시 아래 묻혀버렸다.

춘천박물관에 전시된 중도식무문토기는 비닐하우스에 갇힌 유물들에 비하면 운이 좋았다고 해야 할까. 수십 개의 토기 중에 어금니같이 생긴 작은 세발토기가 유독 눈에 들어온다. 석조 유물이 한번 휩쓸고 지나간 '덕질' 연표의 다음 주자는 이 토기들인가 싶다.

국립춘천박물관

바위 뒤에 앉은 나한

내 마음 깊이 들어온 나한상. 바위 뒤에 몸을 반쯤 숨기고 수줍은
미소로 나를 반겨주었다.

몸을 잃었지만 그래도 괜찮다는 듯 빙그레 웃고 있다. 발그레
물든 입술은 채색을 했던 흔적이다. 이 나한상 조각처럼 굳세게
살아남아야겠다고 생각해본다.

승려형 나한상 두부

단단하게 구워낸 민무늬 토기. 본문에서 설명한 것처럼 지금은 레고랜드가 들어선 중도에서 발굴된 것이다. 부서진 채로 발굴되어 조각을 찾지 못한 부분은 영원히 뚫린 채 있게 되었다. 얼추 조각을 맞춘 부분은 얼기설기 접합할 수 있었고, 중간 중간 점토로 보충해 수리했다. 오랜 보금자리에서 떠나 춘천박물관에 들어온 중도 무문토기들은 언제쯤 고향으로 돌아갈 수 있을까.

경질 무문 토기

흑
요
석
떼
석
기

흑요석의 원산지는 백두산으로 추정된다. 한반도의 척추라 할 수 있는
백두대간을 따라 강원도까지 내려온 것이다. 같은 성분 분석 결과가
나온 흑요석 중에 일본으로 건너간 것도 있다고 한다. 이따금 궁궐의
기둥이 된 나무, 악기로 쓰인 소라 패각, 백두산에서 태어난 흑요석을
보며 생각한다. 이 나무, 소라, 돌멩이는 자신이 어디로 떠나서 어떻게
쓰일지, 1000년도 넘는 세월을 살아남을 것이라고 상상이나 했을까.
셈하기 어려운 시간을 견딘 물건들이 불러일으키는 숭고의 감정에
잠시 몸을 내맡겨본다.

국립춘천박물관의 유물

청동 잔무늬 거울

중심에서 바깥쪽으로 햇빛이 비집고 나오는 듯한 문양과 바깥
테두리에 방사선 모양으로 빛이 퍼지는 듯한 문양을 거울 뒷면에
섬세하게 그려 넣었다. 흑색 태양을 보는 것 같다.

일제강점기 조선물산공진회 전시(1915)를 위해 강원도에 있던 것을
경복궁으로 옮겼다가 강원도로 돌아와 춘천박물관에 자리 잡았다.
더는 살 곳을 옮기지 않겠다고 결연한 표정으로 연좌 시위를
벌이는 중 같다.

석
가
모
니
불

철불과 마찬가지로 경북궁에 갔다가 돌아온 불상. 세속의 번뇌가
옷을 타고 흘러나가는 양 물결치는 주름에서 눈을 떼기 어렵다.

약
사
불

강원도의 자연 속에서 수양한 듯 편안한 표정에 단정한 몸가짐을 하고 있다. 이 보살좌상의 백호 부분(양 눈썹 사이의 흰 털. 그림에서는 보통 동그렇게 말린 흰색 털로 표현되나, 조각에서는 홈을 파서 수정 등의 보석을 넣는다)이 푹 파여 있어 '여드름 짠 보살상'이라는 별명을 붙여보았다.

국보 한송사지 석조 보살 좌상

굽이굽이 계곡이 깊고 산봉우리가 뾰족한 강원도의 산을 닮았다.
물을 채우면 모습을 드러내는 산속의 비밀스러운 호수가 아름다워
함부로 붓을 씻지 못했을 것 같다.

도시를
닮다、
도시를
담다

서울역사박물관

2002 —— 개관
2003
2004
2005
2006
2007
2008
2009
2010
2011
2012
2013
2014
2015
2016
2017
2018
2019
2020
2021
2022
2023
2024
2025
2026
2027
2028
2029
2030
.
.
.

서울역사박물관은 지금은 거의 모든 전각이 사라진 탓에 사람들의 기억에서도 잊힌 경희궁 터에 자리 잡고 있다. 서울역사박물관의 입지는 해방되고 한참 뒤인 90년대 말에 결정되었는데, 입지가 결정되는 과정은 다분히 '서울적'이고 한국적인 일로 가득했다.

시간의 흐름에 따라 강산이 모습을 채 바꾸기도 전에 경희궁 터는 몇 번이나 용도가 변경되었고, 땅의 주인과 그 위에 들어선 건물의 쓰임도 수차례 바뀌었다. 그야말로 다이내믹 코리아, 다이내믹 서울에서나 있을 법한 변화였다. '박물관은 박물관의 이름과 그 안의 유물을 닮는다'는 박물관계 격언을 상기시키는 서울역사박물관의 사연은 이렇다.

서울역사박물관이 들어서기 전, 그곳엔 서울고등학교가 있었다. 일제강점기 시절, 경희궁의 전각 대부분을 헐어 팔고 남은 자리에 일본인 학교인 경성중학교가 건립되었는데, 해방 후에 경성중학교가

서울역사박물관

서울고등학교로 탈바꿈했다. 그러다 1970년대 중후반, 강북에 몰려 있던 인구, 사회 기반 시설, 학교를 강남으로 옮기는 이른바 '강남 개발'이 시작되면서 서울고등학교도 서초구로 떠났다.

서울시교육위원회는 놀게 된 땅을 현대건설에 매각했다. 현대건설은 부지를 일반 주거지역으로 변경해 정부와 사이좋게 나누어 쓸 계획이었다. 그러나 1980년 정권이 바뀌자 중앙문화재위원회에서 돌연 이 땅을 사적으로 지정하며 개발에 제동을 걸었다. 갑작스러운 결정에 현대건설은 크게 반발했고, 정부는 현대건설에 광진구 구의동 매립지를 보상하며 사건은 일단락되었다.

한동안 잠잠했던 경희궁 부지는 1980년 88올림픽 유치 움직임과 함께 다시 들썩였다. 올림픽 개최 도시 자격 요건으로 국제올림픽위원회(IOC)는 완벽한 경기용 시설뿐 아니라 박물관과 미술관 건립을 내걸었다. 당시 끓어오르던 민주화 운동의 열기를 식히고자 했던 신군부 세력과 전두환 대통령은 누구보다도 올림픽 같은 대형 이벤트가 필요했으므로, 올림픽 개최 전까지 박물관과 미술관을 건립하겠다고 약속했다. 미술관 건립 약속은 올림픽 개최 직전인 1988년 9월 19일 서울시립미술관 개관으로 지켜졌으나, 유물을 수집하는 계획만으로 수년이 소요되는 박물관은 때를 맞추지 못하고 십수 년이 지난 2002년에야 개관했다. 그해 서울시장에 당선돼 박물관 개관 축사를 한 사람은 전 현대건설 대표이사였던 이명박이었다.

경희궁의 여남은 전각과 조금 떨어진 위치에서, 전통적인 궁궐 건축과 대조적으로 강렬한 붉은색을 입힌 철제 기둥으로 존재감을 드러낸 서울역사박물관은 대신 경희궁 터에서 발굴된 유물들을 관리하는 것으로 궁에 대한 예의를 차렸다. 개관한 지 벌써 20년이 훌쩍 지난 박물관은 과거의 얽히고설킨 복잡한 이야기를 삼킨 채 침착한 얼굴로 앉아 있다. 비 내리는 날, 웅덩이에 비친 박물관을 내려다보다가 그 안으로 들어가듯 두 발을 담가보았다. 박물관이 딛고 있는 땅과 박물관에 담긴 조선, 일제강점기 그리고 해방 후 스펙터클한 근현대사가 몸을 스치며 지나가는 듯했다.

"다른 곳으로의 공간여행이 아니라 다른 시대로의 시간여행." 김용석 관장은 서울역사박물관을 이렇게 표현한다. 서울역사박물관의 정체성을 가장 잘 드러내는 문장이다. 서울역사박물관은 다른 데 눈 돌리지 않고 서울의 역사와 사람과 문화와 사회를 기록하고 전시한다. 전국의 국립 단위 박물관을 탐방하고 있던 내게 이 주제는 정말 매혹적이었다. 여러 시대, 여러 고대 국가와 지역의 유물을 전시하는 국립중앙박물관은 관람하는 내내 한반도를 포함해 백두산 너머까지 나를 이리저리로 데리고 다닌다. 그나마 신라에만 집중하는 국립경주박물관에서도 경주를 거점으로 육지와 바다를 가리지 않고 신라가 뻗어

서울역사박물관

나간 곳곳으로 답사를 나가는 기분이 들곤 했다. 여느 박물관이 드넓은 공간을 가로지르는 횡단열차라고 한다면, 서울역사박물관은 건물 중앙에 설치된 엘리베이터다. 서울이라는 건물에서 각 층의 엘리베이터 문이 열릴 때마다 다른 시간대에 도착해 있는 것이다. 한복 차림의 인파가 양장을 빼입은 인물들로 바뀌고, 올림픽과 월드컵이 지나간다. 한 도시를 구석구석, 낱낱이 관찰하는 것이 이토록 즐거운 일임을 새삼 느낀다.

조선시대부터 현대까지를 오가는 시간 여행을 더욱 실감나게 만드는 것은 서울역사박물관의 강점인 디오라마와 재현 모형이다. 거대한 사대문 이미지로 조선시대 육조거리나 운종가 등의 공간감을 살리고 시장과 나루의 풍경을 재현한 것이나, 시간을 훌쩍 뛰어넘어 대한민국 수도 서울을 1500분의 1로 축소한 대형 디오라마(도시 모형 영상관), 1980년대 당시 쓰던 물건들과 베란다 밖 풍경까지 묘사한 아파트 모형, 이제는 사라진 종로 뒷골목 피맛골의 막걸리집 모형, 동대문에서 미싱 일을 하며 가족의 생계를 책임졌던 여공들의 쪽방 모형 등…. 서울역사박물관은 전시 케이스 속 유물이 제 용도로 쓰이던 시간을 상상하게 하는 데 그치지 않고, 공간 자체에 시간을 기록함으로써 나를 유물들이 살아 움직이던 시간 속으로 데리고 갔다.
명문가 집안의 문인 유만주(1775~88)가 쓴

일기를 바탕으로 18세기 조선시대 한양의 풍경을
그린 기획전시 「1784 유만주의 한양」(2016)에서도
서울역사박물관은 모형 전시와 스토리텔링의 탁월한
조합을 보여주었다. 먼저 전시장 곳곳에 세워진 조선시대
복식을 갖춘 등신대가 나를 반겼다. 유만주의 외양은 정확히
알려진 바가 없어 조선시대 회화 속 아무개씨를 등신대의
본으로 삼았다고 한다.

　　　　유만주가 일기에 적었던 날짜와 시간, 행선지를
바탕으로 화살표가 표시돼 있어 어렵지 않게 유만주의
시간을 걸을 수 있었다. 어느 날에는 꽃들이 화사하게 핀
정릉으로 간 유만주를 따라 꽃구경을 하고, 어느 날에는
비가 세차게 내리는 풍경을 그의 시선을 따라 완상했다.
그 시절 사람들은 풍류와 낭만이 몸에 밴 것인지 밤에
다리 위에서 친구를 만나 차를 마시고 달빛을 구경했고,
초여름에는 정자에서 새콤한 다래를 먹으며 피서했다.

　　　　그가 집 매매에 머리를 싸맨 날도 엿보았다.
아버지가 해주 판관으로 부임하며 곳간이 넉넉해지자
유만주는 명동에 있는 무려 100칸짜리 집 매입에 매달린다.
담배를 사서 조선시대의 부동산 중개인인 '집주릅'에게
보내기도 했다. 집주릅은 원래 유만주가 점지했던 경희궁
주변(마침 서울역사박물관 근처다) 집 대신 명동의 큰 집을
추천했고, 귀가 얇았는지 욕심이 있었는지 유만주는
사채까지 동원해 2000냥이나 하는 100칸짜리 집을 샀다.
당시 이 정도 돈이면 쌀 3000말을 살 수 있었는데, 이는

서울역사박물관

여덟 식구가 25년간 먹을 수 있는 양이었다. 그런데 아버지 유한준이 1년 만에 파직되고 가세가 기울어 유만주는 명동 집을 팔 수밖에 없었다. 등기부등본을 떼어 본 것처럼 그의 부동산 매매 스토리까지 꿰고 나니 유만주의 얼굴 빼고 모든 것을 알게 된 기분이 들었다. 한 번도 만난 적 없지만 트위터에서 오래 알고 지낸 사람의 타임라인을 날 잡고 정독한 것처럼 말이다.

서울올림픽 개최 30주년을 맞아 열린 「88올림픽과 서울」전(2018) 역시 실제 선수단이 이동할 때 탑승했던 버스 실물을 비롯해 올림픽 경기장의 관람석 일부까지 전시장으로 옮겨 그해의 분위기를 충실하게 재현했다. 관람석에 앉아 스크린으로 경기 영상도 볼 수 있었다. 주위는 호돌이로 가득했다. 안내원 유니폼, 선수단 깃발, 생활용품부터 기념주화까지 거의 모든 공산품에 호돌이가 인쇄돼 있었다. 2002년 한일월드컵을 경험하지 못한 세대가 그때의 열광을 전하려고 애쓰는 이들에게 뚱한 것처럼, 내게도 88올림픽이 그랬다. 참 대단했겠다고 맞장구칠 수도 없고 직접 못 봐서 아쉽다고 할 이유도 없어서 곤란했는데, 이 전시로 그때의 분위기를 맛볼 수 있었다.

「88올림픽과 서울」전이 흥미로웠던 이유는 단순히 하나 되어 뭐든 이룰 수 있을 것 같은 분위기, 손에 손을 잡고 세계시민이 된 것 같은 올림픽 특유의

하이텐션만 전시한 것이 아니었다는 점에 있다. 88올림픽은 어렵게 개최되었다. 유치 준비부터 개최까지 정권과 서울 시장이 몇 번 바뀌었고 와중에 유치할지 말지 국가의 결정도 번복되곤 했다. 선수단과 기자가 머무는 구역은 첨단의 아름다운 국제도시의 모습으로 설계되었다. 정방형 부지에 올라갈 아파트는 한강의 빛을 받아 찬란하게 반짝이도록 향이 결정되었다. 이곳에 살던 사람들이 자신의 집을 잃고 다른 곳으로 이주해야만 했다는 사실은 올림픽 성공과 함께 잊혔다. 30년 뒤에 열린 「88올림픽과 서울」전은 그간 조명받지 못했던 이런 이야기도 건져 올렸다. 그저 성공적인 국제 행사를 기념하기 위한 전시였다면 치사량의 애국심 고취 열기에 피로감을 느꼈을 것이다.

　　　서울역사박물관의 뛰어난 재현 능력은 박물관 진입로 초입에 설치된 전차를 통해 매일 확인할 수 있다. 전차 381호는 일본차량제조주식회사에서 제작되어 1930년대부터 1968년까지 서울 시내에서 실제로 운행되었던 것이다. 1968년 전차 사업이 중단되고 남은 단 두 대의 전차 중 한 대를 1973년 개장한 서울어린이대공원에서 전시하다가 2007년 박물관이 인수해 1년간 보존 처리를 거쳐 복원했다.
　　　복원에는 많은 품과 정성이 들어갔다. 우선, 일본차량제조주식회사에 연락해 도면을 입수하고, 국립서울과학관에서 보존 중인 전차 363호와 도면을

서울역사박물관

복원된 전차 381호.

대조해 원형을 파악했다. 한 겹만 남아 있던 지붕 방수
천막을 떼어내 보존 처리하고, 부족한 몇 겹은 이것과
유사한 재질의 천막을 이용해 씌웠다. 보존 전문가가
육안으로 어떤 방수천을 썼는지 알았을 리는 없으니,
정밀 분석을 위한 엄청난 노력이 있었을 것이다. 차량의
색도 복원했다. 도장 성분 분석을 통해 차량 상단은
베이지색으로, 하단은 녹색으로 칠했다. 삭거나 망가진
문짝은 나왕으로 제작, 복원했고, 바닥재는 오크나무로,

유리는 외부 전시에 알맞도록 강화유리로 교체했다.
전차 381호는 박물관 귀퉁이를 장식하는 모형이 아니라
시민들의 알 권리를 위해 공개된 실물임을 사람들이 좀 더
알아주면 좋겠다.

　　　　서울역사박물관에서 내가 가장 사랑하는 공간은
1층 로비 안쪽에 숨은 카페다. 인테리어가 세련되지도
커피 맛이 근사하지도 않지만, 잠시 쉬어 가거나 미팅을
하기엔 더할 나위 없이 편안하다. 천장에서 떨어지는
색색의 천들, 넓은 중앙 계단을 오르내리는 사람들, 석탑과
오솔길이 보이는 중정… 서울 한복판, 서울의 시간을
다루는 박물관에서 서울을 잊게 하는 편안함이 있다. 아마
빨리 변하지 않기 때문일 것이다. 망치로 깨서 먹는다는
독일 과자 슈니발렌이 다른 제과점과 디저트 카페에서
사라진 후에도 오래 메뉴에 올라 있었고, 좌석 주변에
놓인 식물들도 최신 유행과는 거리가 멀지만 무럭무럭
자라고 있다.

서울역사박물관

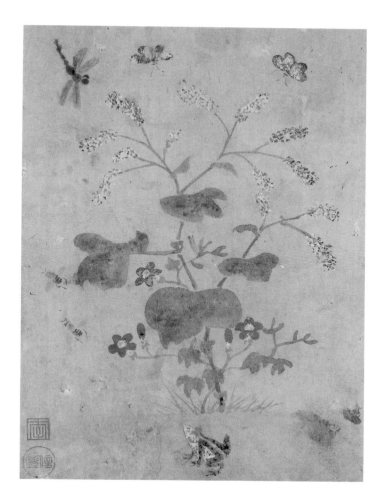

<table>
<tr><td>초</td><td>이</td></tr>
<tr><td>충</td><td>신</td></tr>
<tr><td>도</td><td>흠</td></tr>
<tr><td></td><td>필</td></tr>
</table>

초
충
도

이
신
흠
필

'설마 신사임당?' 하며 홀린 듯 다가가는 사람들이 있을 테지만,

이 초충도는 16~17세기 도화서 화원이었던 이신흠이 그린 것이다.

자유로운 수형의 풀과 꽃, 그 주변에 옹기종기 모인 개구리와

나비, 벌, 잠자리가 사랑스럽다.

조선시대 그림의 대표 소재 중 하나가 자연 속에서 차를 마시거나 먹을거리를 나눠 먹는 것이다. "금강산도 식후경"이라는 속담이 있는 것을 보면 풍광만큼이나 먹는 데에 진심이었던 것이 우리 전통이었나 싶다. 그림 속 인물들은 신발까지 벗고 앉아 고기 불판을 향해 젓가락을 분주하게 움직이고 있다.

상춘야연도

서울역사박물관의 유물

힘차게 가지를 뻗은 소나무 아래에서 장정 다섯이 장기를 두는 모습을 그린 19세기 그림이다. 멀리서 보면 평화로워 보이지만, 소매까지 걷어 올리고 쪼그려 앉은 사내의 폼이 말을 얹지 않을 수 없는 치열한 한 판이 벌어졌음을 짐작케 한다. 굳이 챙겨 온 책상에 기대 앉아 허공을 바라보는 이는 아마 훈수깨나 두는 사람들에게 지쳤거나 지난 판의 결과가 썩 좋지 않았던 모양이다.

장기도

창의문도

겸재 정선이 자신의 살았던 동네에서 바라다 보이는 창의문 주변을
그린 것이다. 화면 중앙을 가로지르는 성벽과 오른쪽 하단의 큼지막한
부침바위(지금은 터만 남아 있다. 약 2미터 높이의 바위였는데,
벌집처럼 구멍이 뚫린 표면에 돌을 대고 비벼서 돌이 붙으면 아들을
낳는다는 설화가 전해진다), 성 안팎의 송림으로 미루어보건대
1700년대의 부암동 풍경이다. 서울역사박물관에 소장, 전시된 서울
곳곳을 찍은 사진 유물과 함께 이 그림을 보면 사진기가 없던 시절의
서울을 기록한 사진처럼 읽힌다.

서울역사박물관의 유물

고종과 흥선대원군, 황현과 최익현 같은 지식인의 얼굴을 그린
근대 초상화가 채용신의 손자 채규영이 그린 초상화. 서양화의
음영과 입체법이 도입된 이후 그려진 것이라 근대 이전 초상화보다
생생하게 다가온다. 새로운 화법과 전통적인 초상화 구도가
어색한 듯 이색적이다.

채규영 필 현곡선생 초상화

玄谷先生肖像

1961년 난지도로 놀러 간 기증자 박옥심 씨가 찍은 사진이다. 뒷면에
'7.30'이라는 글자가 적혀 있어 한여름 피크닉을 즐기고 있음을 알 수
있다. 세 사람의 오른손에 들린 든든한 꾸러미를 보니 하루를 알차게
놀고 가겠다는 의지가 느껴진다. 생태공원으로 모습을 바꾸기 전,
그보다 앞서 쓰레기섬이 되기 전의 난지도를 간접 경험하게 하는
기록이다. 서울역사박물관에 있으면 정말 타임머신을 타고 서울을
날아다니는 것만 같다.

난지도 소풍 사진

서울역사박물관의 유물

삼각돌자

현대의 삼각자와 모양은 같지만 돌로 만들어졌다. 미터법이
들어오기 전의 것이라 센티미터 눈금 표시가 없다. 박물관에서
제공하는 정보에 따르면 너비 19센티미터, 길이 11.7센티미터로,
대각선 변은 22센티미터가 조금 넘는다. 요즘 교구용 삼각자가
너비 16센티미터이니 돌이어서 무겁긴 하겠지만 그렇다고 손에
쥐지 못할 크기는 아니다.

215

김서울의

동선

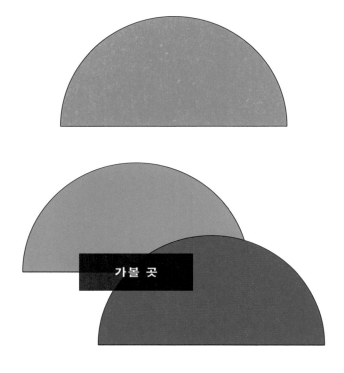

국립경주박물관

가볼 곳

대릉원 일대
- 경주박물관에서 대중교통으로
  20분, 자차로 3분 거리.
- 시내에 들어앉은 거대한
  고분이 빚는 풍경만으로
  인상적이다.
- 황리단길을 중심으로 주위에
  카페와 식당이 많아 배고플
  틈이 없다.

분황사
- 경주박물관에서
  대중교통으로 10분, 자차로
  3분, 도보로 20분 거리.
- 벽돌을 쌓아 만든 것 같지만
  사실은 돌을 벽돌 모양으로
  다듬어서 쌓은 모전석탑이
  있다.
- 분황사 옆에 있는
  신라왕경숲은 사람이 적어
  산책하기 좋다.

김서울의 동선

슈만과 클라라
— 필터 커피로 경주 주민들의
사랑을 듬뿍 받는 카페.

대화만두
— 채소와 함께 먹는 비빔만두는
경상도권을 벗어나면 은근
만나기 어려운 음식이어서
경주에 가면 잊지 않고 들르는
편이다.

단석가찰보리빵
— 찰보리빵은 경주 간식의
클래식이다. 이 가게에서 같이
파는 찰보리아이스크림이
은은하게 구수하니 맛있다.

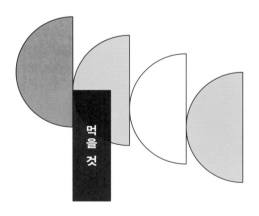

먹을 것

광주시립미술관,
광주역사민속박물관 일대
— 광주박물관에서 도보로
  15분 거리. 큰길 하나만
  건너면 된다.
— 미술관, 민속박물관, 비엔날레
  행사장이 있는 공원이라
  다양한 전시도 보고 산책도
  할 수 있다. 박물관까지
  1석 3조의 경로.

금남로 일대
— 광주박물관에서 대중교통으로
  40분, 자차로 15분 거리.
— 지하철 금남로4가역의
  5.18민주화운동기록관으로
  시작해 문화전당역의
  아시아문화전당, 문화박물관,
  이어서 근처 카페거리까지
  꿰는 동선. 기운이 남아 더
  남쪽에 있는 조선대학교
  박물관까지 둘러보면 하루를
  꽉 채울 수 있다. 편한 신발과
  든든한 체력이 필수.

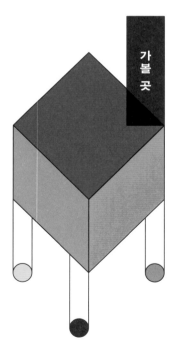

가볼 곳

김서울의 동선

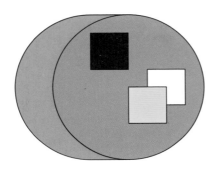

먹을 것

궁전제과

— 대전에 성심당이 있다면,
   광주에는 궁전제과가 있다.
   지점이 많으니 가까운 곳을
   찾아가면 된다. 공룡알빵을
   사서 집에 돌아오는 기차에서
   먹으면 든든하다.

박소영왕만두

— 박물관에서 길을 건너
   중외공원을 지나 주택가에
   있다. 만두피가 아주 얇고
   속이 알차다. 사람이 많으므로
   가기 전 포장 예약하기를 추천.

수자타

— 시내에서 멀기 때문에 자차로
   이동하는 경우 추천. 사찰
   음식, 채식 뷔페로 인기 많은
   곳이다.

221

국립대구박물관

동화사

— 대구박물관에서
  대중교통으로 1시간 30분,
  자차로 40분 거리.
— 불교 문화재(보물 6점)이 몰려
  있는 대구 대표 사찰이다.
— 33미터나 되는 거대한 석조
  약사대불이 유명하지만
  개인적으로는 봉황문
  앞 절벽에 새겨진 작은
  마애불좌상에 마음이 간다.
— 동화사에 딸린 염불암에 있는
  넓적한 마애불과 기와를
  쌓은 듯 생긴 청석탑도
  독특하고 매력적이다. 산길을
  오가는 데 시간이 좀 걸리지만
  후회는 없을 답사 코스.

중앙로 일대

— 대구박물관에서 대중교통으로
  40분, 자차로 20분 거리.
— 근대문화거리가 조성돼
  있다. 계산성당을 비롯한
  여러 근대 건축물이 곳곳에
  숨어 있다.
— 서문시장과 대구 중심지인
  중앙로역으로 길이 이어져
  대구의 면면을 두루
  살필 수 있다.

가볼 곳

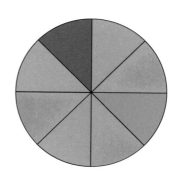

김서울의 동선

이모식당

— 막창순대가 유명한 곳으로
전통 순대를 좋아하는 순대
마니아라면 꼭 가봐야 한다.
다른 지역에서는 먹기 힘든
메뉴여서 대구 근처를 지날
일이 생기면 기어이 찾아가
먹는다.

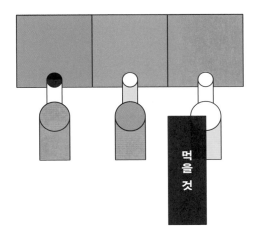

먹을 것

더커먼

— 채식 메뉴를 파는 식당.
비건 식품과 고체치약,
샴푸바나 소분 구매할 수 있는
갖가지 세제 등도 판매한다.

경복궁

- 민속박물관이 경복궁 부지 안에 있으니 표지판만 따라 가면 된다.
- 궁궐에 입장하려면 경복궁 매표소에서 따로 표를 구매해야 한다.
- 근정전을 중심으로 서쪽에 아직 전각이 복원되지 않은 녹지를 따라 걷는 산책을 추천한다.

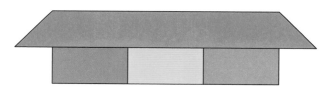

국립고궁박물관

- 민속박물관의 이웃 박물관. 마찬가지로 경복궁 부지 안에 있다.
- 서민들의 생활용품을 다루는 민속박물관과 궁궐 유물을 다루는 고궁박물관이 얼마나 다른지 비교하며 보면 더 재미있다.

가 볼 곳

김서울의 동선

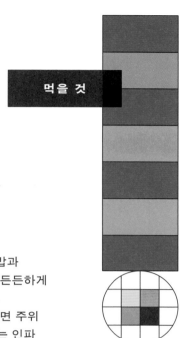

먹을 것

팔판동김밥
— 속 재료가 꽉 찬 김밥과
  토스트가 간단하고 든든하게
  끼니를 책임져준다.
— 평일 점심시간에 가면 주위
  사무실에서 몰려오는 인파
  때문에 주문을 하기 어려울
  정도다.

통의동단팔
— 민속박물관보다는 고궁박물관
  쪽에서 가까운 통의동에 있다.
— 직접 만든 통팥에 부드러운
  우유 얼음의 단순한 조합이
  매력적이다.

연동리 석조여래좌상

— 익산박물관에서 대중교통으로
  30분, 자차로 5분 거리.
— 광배와 얼굴을 제외한 몸통은
  7세기 백제 때 만들어졌다.
  머리는 나중에 따로 만들어
  붙인 것이다.
— 오랜 세월을 거치며 많이
  닳았지만 여전히 군데군데
  부드러우면서 화려한 조각
  흔적을 찾아볼 수 있다.
— 백제 유물을 주로 전시하는
  국립부여박물관과
  국립공주박물관에서도 연동리
  석조여래좌상과 비슷하게
  둥근 턱과 부드러운 미소를
  가진 백제 불상을 만나볼 수
  있다.

왕궁리 유적, 왕궁리 오층석탑

— 익산박물관에서 대중교통으로
  50분, 자차로 10분 거리.
— 익산박물관에서 왕궁리
  유적에서 출토된 유물을 보고
  이곳에 오면 감회가 남다르다.
— 끝을 살짝 삐쳐 올린 왕궁리
  오층석탑의 모양이 미륵사지
  탑과 닮았다.

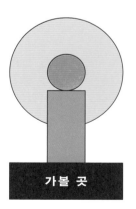

가볼 곳

김서울의 동선

먹을 것

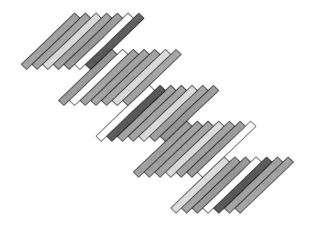

태백칼국수

― 익산역에서 식사를 해야
한다면 이곳이다. 푹 익어
흐물거리는 면을 내어주는
곳으로 꼬들꼬들한 면을
좋아한다면 입맛에 맞지
않을 수 있다.

박물관 주변 쌈밥집

― 2010년대부터 답사 차
미륵사지 주변을 오가며 항상
먹었던 메뉴가 이 쌈밥이었다.
미륵사지 탑 복원 현장
사람들도 자주 찾던 메뉴.
박물관 주변에 식당이 거의
없었는데, 최근에는 카페도
생겨 후식을 고민할 여지도
생겼다.

227

국
립
제
주
박
물
관

가
볼
곳

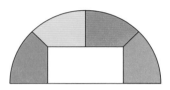

제주민속자연사박물관
— 제주박물관에서 대중교통으로
　20분, 자차로 4분 거리.
— 고래 골격을 비롯해 제주도의
　해양생물 표본과 암석,
　화산분출물과 함께 민속
　유물을 전시하고 있어,
　제주의 생태와 섬사람의 삶을
　복합적으로 경험할 수 있다.

각종 이색박물관
— 넥슨컴퓨터박물관,
　조랑말박물관,
　술박물관, 감귤박물관,
　아프리카박물관과
　그리스신화박물관까지 다양한
　주제의 박물관이 있다.
— 주제도 독특하지만
　박물관 외관 또한 화려해
　눈요기하기 좋다.

제니스 카페

― 가벼운 와인과 함께 브런치를
즐기기에 좋다.

커피템플

― 한동안 제주에서 지내며 정말
맛있는 커피를 마시고 싶어
단골이 된 동네 카페 사장님께
물어 추천받은 곳이다.
감귤이나 유자를 곁들이거나
섞어 마시는 커피가 시그니처
메뉴다. 상쾌하고 달콤하면서
살짝 씁쓸한 커피 맛에 반했다.

먹을 것

가볼 곳

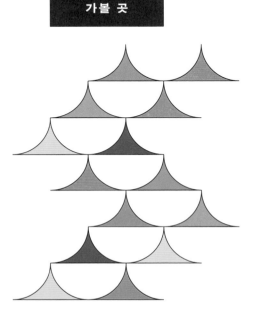

**국립한글박물관,
용산가족공원**

- 국립한글박물관은
  중앙박물관 부지 내에
  있고, 용산가족공원은
  바로 옆에 있다.
  중앙박물관이 은근히
  고립된 위치에 있어 간 김에
  함께 둘러보면 좋다.
- 한글박물관은 기획전시가
  흥미로운 편이니 미리
  검색하고 가자.
- 용산가족공원은 서울에서
  쉬이 보기 힘든 크기의
  공원이다. 그늘이 많아
  여름 산책도 얼마든지
  가능하다.

이촌한강공원

- 박물관에서 도보로 25분 거리.
- 뮤지엄 퍼티그가 찾아왔다면
  박물관을 나와 한강공원으로
  가자. 찌뿌둥해진 몸을 펴고
  바람을 느끼기에 그만이다.

김서울의 동선

헬카페스피리터스

― 헬카페의 헬라떼와
구좌당근주스(계절메뉴)를
마시고 싶어 겸사겸사
중앙박물관을 가는 특이한
사람도 본 적이 있다.

박물관 카페

― 주변이 좀 황량한 편이라서
박물관 안에 있는 카페와
푸드코트를 이용하는 것이
편하다.
― 카페에서 음료를 가지고
나올 수 없다는 점을
알아둘 것!

먹을 것

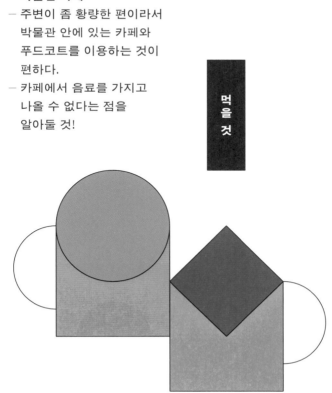

국립진주박물관

토지주택박물관, 주택도시역사관
— 진주박물관에서 대중교통으로 30분, 자차로 10분 거리.
— 한국의 주택과 도시 변천사를 볼 수 있는 곳. LH에서 운영한다.

진주성 일대
— 진주박물관을 품고 있는 진주성을 천천히 둘러보자.
— 남강유등축제 기간에는 귀엽고 큰 유등들을 보는 맛이 좋다.
— 아름다운 남강 풍경과 진주성의 산책길은 집에 돌아와서도 생각난다.

가볼곳

김서울의 동선

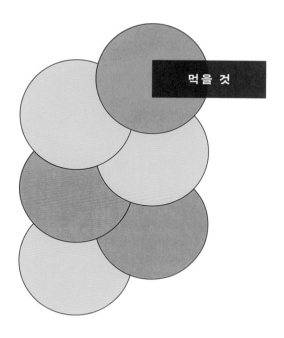

먹을 것

수복빵집
— 빵집이라기보다 팥집이다.
단팥 앙금 소스에 찍어먹는
찐빵과 팥빙수, 꿀빵으로
당을 충전하기에 좋다.

진주냉면
— 육전이 고명으로 올라가는
것으로 유명한 진주냉면
맛집을 하나 꼽기는 어렵다.
수많은 '원조' 가게들이 있으니
스스로의 감을 믿고 골라보자.

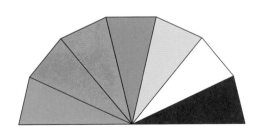

가 볼 곳

국립춘천박물관

춘천 소양로 성당
― 박물관에서 대중교통으로
  40분, 자차로 10분 거리.
― 어디에서도 보기 힘든 반원형
  평면에 부채꼴로 펼쳐진
  내부 신도석이 특이하다.
― 아담하고 귀엽지만 단호하게
  뚝 잘린 반원 모양이 두고두고
  기억에 남는다.

강원대학교 중앙박물관
― 박물관에서 도보로 30분 거리.
― 조선시대 가구를 비롯해
  양구, 철원, 춘천을 아우르는
  선사문화 유물을 소개한다.
― 투박하게 나무로 짜인 전시
  케이스가 묘한 노스탤지어를
  불러일으킨다.
― 강원대학교 재학생이라면
  공강 시간을 메워줄 절호의
  장소다.

북한강에서 카누 타기
― 박물관에서 대중교통으로
  1시간, 자차로 20분 거리.
― 선사유적이 발굴된 중도
  근처에서 물 많고 산 많은
  곳에서 지냈을 선사 사람들의
  삶을 떠올려보자.
― 시원한 풍경을 보며 물 위에서
  노니는 것은 호반의 도시
  춘천과 잘 어울리는
  추억거리다.

김서울의 동선

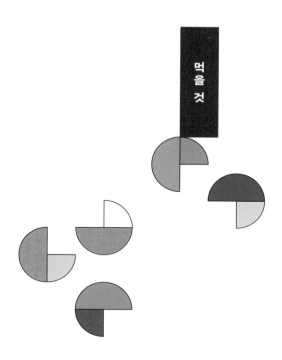

먹을 것

닭갈비
— 명동 시내 식당에서는 주로
우리에게 익숙한 철판
닭갈비를 판다. 강변으로
나가면 돌이나 석쇠에
익혀주는 닭갈비를 맛볼 수
있다.

어쩌다농부 본점
— 지역 농산물을 이용해 음식을
만든다. 채식 메뉴가 있다.

국립기상박물관
— 서울역사박물관에서
  도보로 13분 거리.
— 기상관측 역사와
  기상관측기술을 전시한다.
— 기상박물관 앞 벚나무에
  꽃이 피는 것을 기준으로
  서울의 개화 시기를 잡는다.

경희궁
— 서울역사박물관 중정을
  통해 경희궁으로 무료
  입장할 수 있다.
— 전각은 별로 남아 있지
  않지만, 호젓하게 낮 산책을
  즐기기 좋다.
— 일제강점기에 만들어진
  방공호도 볼 수 있다.

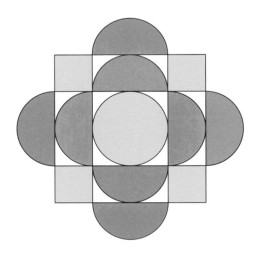

가
볼
곳

김서울의 동선

르풀

— 서울역사박물관에서 큰길을
건너 정동길을 산책한 후
브런치를 즐기면 딱이다.
— 새문안 어린이공원에서
풀 냄새를 맡으며 기분
전환을 해주고, 첨탑 하나만
남은 구 러시아공사관과
정동공원을 지나 근대
건축물인 이화여고 100주년
기념관까지 서울의 과거를
볼 수 있다. 카페 건물 역시
근대 건축물인 구 신아일보
별관이다.
— 밥을 먹은 후 체력을
보충했다면 덕수궁까지
돌아보자.

먹을 것

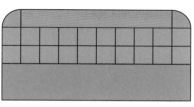

평안도만두집

— 자박한 심심한 육수에
담백한 소를 넣은 만두와
사태, 힘줄, 버섯이 들어간
만두전골이 일품이다.
— 세련된 공간은 아니지만
우직한 포스를 풍긴다.
만두 좀 만들어봤고
먹어본 입장에서 자신있게
추천하는 곳.

김서울

전통회화와 보존처리를 전공했고 최근에는 대학원에서 박물관 정책을 공부하고 있다. 여러 매체에 박물관과 유물, 전통에 관한 글을 쓴다. 요즘 가장 큰 고민은 반려견 '도리'와 함께 박물관을 즐길 수 있는 방법을 찾는 것이다. 『유물즈』, 『뮤지엄서울』, 『아주 사적인 궁궐산책』을 썼다.

박물관 소풍
아무 때나 가볍게

김서울 지음

초판 1쇄 인쇄   2023년 7월 5일
초판 1쇄 발행   2023년 7월 20일

ISBN   979-11-90853-45-3 (03810)

발행처   도서출판 마티
출판등록   2005년 4월 13일
등록번호   제2005-22호
발행인   정희경
편집   서성진, 박정현
디자인   이기준

주소   서울시 마포구 잔다리로 101, 2층 (04003)
전화   02-333-3110   팩스   02-333-3169
이메일   matibook@naver.com
홈페이지   matibooks.com
인스타그램   matibooks
트위터   twitter.com/matibook
페이스북   facebook.com/matibooks

온(on) 시리즈 – ○○○에 대해 생각하고 쓰다

이어질 책들

※ 제목과 출간 순서는 바뀔 수 있습니다.